가능한
불가능

가능한
불가능

신은혜 지음

1년에 딱 하나라면

제 철
로
소

contents

프롤로그 **시작은 50만 원 때문이었다** ⁓⁓⁓⁓⁓⁓ 6

서른 살의 불가능 **운전할 수 있을까?** ⁓⁓⁓⁓⁓⁓⁓ 16

서른한 살의 불가능 **좋아하는 곡 하나쯤은** ⁓⁓⁓⁓ 36

서른두 살의 불가능 **영어는 아무래도 힘들겠다** ⁓⁓ 60

서른세 살의 불가능 **오늘도 음파음파** ⁓⁓⁓⁓⁓⁓ 94

서른네 살의 불가능 **하와이에서 살아요** ⁓⁓⁓⁓⁓ 122

서른다섯 살의 불가능 **안녕하세요, 18학번입니다** ⁓⁓ 158

서른여섯 살의 불가능 **한국어를 배우는 한국인** ⁓⁓⁓ 184

서른일곱 살의 불가능 **아무튼, 글쓰기** ⁓⁓⁓⁓⁓⁓ 208

서른여덟 살의 불가능 **157킬로미터의 건강** ⁓⁓⁓⁓ 234

에필로그 **할 수 있다는 '경험'** ⁓⁓⁓⁓⁓⁓⁓⁓ 254

프롤로그
시작은 50만 원 때문이었다

2012년 마지막 날, 카피라이터 S와 함께 서울을 떠나 부산으로 갔다. 언제부턴가 12월 31일의 다음 날 정도로밖에 느껴지지 않는 1월 1일을 다시 두근거리며 맞이하고 싶어서였다. 2012년의 나는 일에 찌들어 있었지만 2013년의 나는 들떠 있길 바랐다. 게다가 나에겐 생애 첫 부산이었다.

연말이 되면 광고회사는 특히 바빠진다. 새해에는 달라진 모습을 보여주고 싶은 건 사람이나 브랜드나 똑같아서 대다수 광고주는 꼭(!) 연말 연초에 경쟁 피티를 시킨다. 당연히 크리스마스와 설날은 야근한 다음 날이 될 때가 많았고 피곤을 풀다 보면 다음 날이 출근이었다. 2012년이라고 다를 바 없었다. 나는 건강기능식품과 침구 브랜드의 신규 캠페인을 위해, S는 디지털 캠페인 경쟁 피티를 위해 연말을 쏟아부었다. 거리마다 캐럴이 울려 퍼지고 크리스마스트리가 반짝거려도 좀처럼 흥이 나지 않았다. 아직 끝나지 않은 일이 사무실에 남아 있었기 때문이다. 해가 바뀐다고 회사가 바뀌는 것도 아니고 일하는 방식이나 해야 할 업무, 결정적으로 나 자신이 바뀌는 게 아니었다.

직장인이 되기 전까지는 새해가 되면 모든 게 바뀌었다. 학년이 바뀌고 과목이 바뀌고 교수님이 바뀌고 강의실이 바뀌고 나를 둘러싼 주변 환경이 전부 바뀌었다. 그러다 보니 작년엔 실패했더라도 신년엔 마음을 다잡고 새 출발을 할 의욕이 생겼다. 망친 그림이 그려진 도화지를 뜯어내고 새하얀 도화지를 마주하는 설렘이 있었다. 연도의 끝자리 하나 바뀔 뿐인데, 새로운 기대가 생겨나 크리스마스이브가 되면 굳이 그 복잡한 명동까지 가서 친구와 함께 다이어리를 펼치고 첫 장에 이루고 싶은 목표(라기보다는 소망에 가까운 무언가)를 적었다. 적다 보면 한 페이지가 꽉 찼다. 하지만 직장인이 되고서는 새해 목표를 따로 적을 필요가 없었다. '올해 나의 아이디어로 TV 광고 세 편 이상 온에어 시키기', '칸국제광고제 입상하기'라는 두 가지 목표가 마음 한복판에 새겨져 있었고, 그 외에는 딱히 이루고 싶은 무엇이 없었다. 어느새 한 해의 꿈마저 업무의 연장선이 되었다.

부산에서 맞이한 새해는 작년보다 괜찮았다. 여기는 서울이 아니니까 그것만으로도 나은 시작이었다. 직장과 물리적으로 멀어지면 멀어질수록 직장에서 만들어진 상념도 점차 흐려졌다. 반대로 직장과 가까워지면 어떠했나. 한번은 주말에 (당시 다니던 회사가 위치한) 서울 신사동 가로수길에서 친구를 만난 적이 있는데, 분명 놀러 왔는데도 왠지 모르게 출근한 기분이 들어 유쾌하지 않았다. 그다음부터 출근하는 날이 아니면 가로수길 쪽으로는 발길도 하지 않으려고 했다.

도망치듯 여섯 시간을 달려 부산에 도착한 우리는 해운대 근처 모텔에 짐을 풀고 복국을 먹으러 갔다. 미처 소화가 다 되기 전에 국제시장으로 넘어가 돼지국밥을 한 그릇 비우고, 헌책방이 가득한 골목을 걷다 태종대 어느 횟집을 찾아가 무한도전 멤버들이 먹었다는 회를 먹었다. 바깥의 파도 소리와 까르륵거리는 웃음소리가 식당 안까지 밀려 들어 왔다. 그 소리에 이끌려 밖으로 나간 나는 까만 밤에 묻혀 모습을 드러내지 않는 바다의 냄새를 맡으며 심호흡하듯 길게 "좋다~"라고 내뱉었다. 그때 누군가 옆에서 작은 폭죽을 쏘아 올렸다. 기대치 않은 불꽃 구경에 기분이 좋아져 밤바다를 향해 방긋 미소 지었다. 횟값을 계산하고 시계를 보니 서울이었다면 귀가할 시간이었겠지만 부산에서는 언제 들어오냐고 전화할 사람이 없었다. 야호. 곧장 달맞이고개로 이동했다. 부산 전경을 내려다보며 차를 마셨고 그러고도 아쉬워서 저 멀리 야경으로 반짝이는 해안도로를 드라이브하며 일분일초를 새해답게 보냈다.

이틀 뒤 느지막이 일어나 첫 끼로 점심을 먹고 슬슬 돌아갈 채비를 하는데 눈이 내리기 시작했다. 금세 땅바닥은 슬러시를 쏟은 것처럼 질퍽질퍽해지고 하늘은 납빛이 되었다. 을씨년스러운 바깥 날씨가 나의 속마음과 닮아 있었다. 내일 출근해야 한다고 생각하니 내 마음에도 눈보라가 휘몰아쳤다. 하지만 우울한 기분을 S에게 전염시키고 싶지 않아 최대한 밝은 척했다.

운전대를 잡은 S는 길이 미끄러워 걱정이라며 천천히 액셀을 밟았다. 빨리 찾아오는 겨울의 어둠과 점차 거세지는 눈발을 헤치며 자동차 바퀴는 슬금슬금 굴러갔다. 운전할 줄 모르는 나는 그저 친구가 졸리지 않게 아무 말이나 하며 굵은 눈송이를 닦아내는 와이퍼를 응시했다. 그러다 대뜸 S에게 물었다.

"만약 카피라이터를 안 했다면 무슨 일 하고 싶어?"

만약 로또에 당첨된다면 뭐 하고 싶어? 만약 외국에서 살 수 있다면 어디서 살고 싶어? 같은 질문을 그다지 좋아하지 않는다. 묻는 이의 즐거운 의도를 알면서도 구태여 "난 로또 안 사는데?"라고 대답해 수다의 맥을 끊어버린 일도 적지 않다. 만약이라는 조건이 붙은, 주어진 현실을 부정하고 비현실적인 행복을 상상해보는 행위를 즐기지 못하는 고리타분한 타입이랄까. 당첨될 리 없는 불확실한 행복을 위해 지불하는 비용은 단돈 천 원도 아까워해서, 길을 걷다 만 원을 주웠을 때 로또 한번 사보라는 친구들의 권유에도 뷰티 로드숍으로 달려가 1+1 행사하는 마스크 팩을 스무 개 구매한 사람이 나다.

그러나 오늘이 휴가 마지막 날이고, 내일 당장 출근해야 하고, 출근하자마자 마른걸레 쥐어짜듯 아이디어를 짜내야 하는 일개 직장인에게 자기다움을 지킬 여력이 없었다. 만약 광고회사에 다니지 않았다면 내일 하루쯤 더 휴가를 낼 수 있지 않았을까? 만약 카피라이터가 아니었다면 아이디어가 안 나오는 괴로움을 모르지 않았을까? 만약 다른 일을 했다면 스트레스를 덜 받지 않았을까? 자꾸만 만약을 상상하게 되었다. S도 똑같은 심정이었는지 재빠른 대답이 돌아왔다.

"시나리오 작가. 넌?"

카피라이터가 되지 않았다면 나는 무슨 일을 했을까. 놀랍게도 생각해본 적이 없었다. 열일곱 살이 되던 해부터 광고 만드는 일을 하겠다고 결심한 후, 열여덟 살에 교내 광고동아리 '광끼'(광고에 끼 있는 아이들의 줄임말로, KBS 청춘 드라마 제목을 그대로 모방한 동아리)를 만들었다. 열아홉 살에는 광고홍보학과를 목표로 공부했고, 스무 살에는 아트디렉터가 되려고 재수해서 시각디자인학과에 입학했다. 하필이면 광고디자인 수업이 3학년 전공과목인지라 그 학년이 되기 전까지 포장디자인, 타이포그래피, 영상디자인 등을 두루 배우며 광고 공모전에 도전했다. 대학교 4학년 2학기부터는 광고회사 인턴으로 활동하며 학교 대신 회사로 출근했고, 광고회사 공채의 최종 면접에 불합격한 뒤에도 계속 인턴십에 지원하고 광고 공모전에 응모했다. 그야말로 외길 인생이었다. 그랬던 내가 지금은….

"도서관 사서 하면 좋겠다. 햇빛이 잘 들어오는 창이 큰 도서관에서 일하는 거야. 공기에 은은하게 밴 낡은 종이

냄새를 맡으며 일과를 시작하는 거지. 방문자가 없을 땐 책을 읽다가 누군가 도서를 빌리면 바코드를 찍고, 누군가 도서를 반납하면 책장에 정리하고, 자리로 돌아와 덮어둔 책을 펼쳐 읽고, 가끔씩 고개를 들어 창밖의 나뭇잎 흔들리는 걸 감상하다가 다시 고개를 숙여 읽던 문장을 마저 읽고. 그러면 참 좋겠네. 아, 내일 회사 가기 진짜 싫다.”

사실 어제부터 어떤 화제를 꺼내도 이야기는 결국 돌고 돌아 회사 가기 싫다로 귀결되었다. 그리고 조수석 창문에 기대어 멀어져 가는 부산을 바라보면서도 회사 가기 싫다고 생각했다. 그 마음이 눈덩이처럼 커져서 새해의 설렘이 들어설 공간이 없었다. 갑자기 억울했다. 신년인데, 부산까지 왔는데, 들뜨고 싶었는데, 이게 뭐야! 이대로 집에 가서 화장 지우고 샤워하고 이불 깔고 누워서 잠들었다가 다음 날 아침 알람 소리에 힘겹게 눈을 뜬 후 세수하고 화장하고 꾸역꾸역 지하철 타고 회사 가서 똑같은 자리에 앉아 노트북 켜고 하던 일을 하면 그건 2012년 12월 34일 아닌가. 새 옷을 사놓고 늘 입는 후줄근한 옷을 꺼내 입는 그런 하루.

S에게 물었다.

"올해는 뭘 좀 해볼까?"

"뭘?"

"뭐랄까, 인생에서 절대 못 할 거라고 생각해온 거."

"뭐래."

"예를 들면 나한테는 운전이랑 영어겠지?

"풉."

"스스로 불가능하다고 생각해온 걸 한번 도전해볼까, 올해?"

"글쎄다."

"이대로는 새해 기분이 전혀 안 나잖아!"

이대로 가다간 작년과 똑같은 한 해가 될 거라고, 하기 싫다는 S를 구슬렸다. 작년, 재작년, 재재작년, 재재재작년에 열심히 일한 거 말고 기억나는 게 무엇이 있느냐고 물었다. S는 대답이 없었다. 평소라면 이 정도 빈약한 논리로는 설득이 어려운 친구였는데, 지금은 신년이고 아직은 서울이 아니고 내일은 출근 날이라 그런지 "그래, 해보자"라며 그답지 않게 승낙했다.

우리의 의지력을 절대 믿지 않기에 무조건 돈을 걸어야 한다는 아이디어가 더해졌다. 통장을 개설해 매달 2만 원씩 입금하고 마지막 달에는 3만 원을 입금해 각각 25만 원씩, 총 50만 원을 걸기로 했다. 그리고 12월 31일에 불가능을 이뤄낸 사람에게 상금처럼 몰아주기로. 이런저런 계획을 짜는 동안 마음에 생기가 돌면서 목소리 톤이 높아지고 웃음이 났다. 누가 50만 원을 차지하게 될까? 누가 25만 원을 잃게 될까?

도전보다는 내기에 가까웠던 '할 수 있어 프로젝트'는 그렇게 시작되었다. 그저 신년 기분 좀 내보려고 즉흥적으로 한 프로젝트였는데, 한 번의 시도로 끝나지 않고 아홉 번의 새해를 맞이할 때까지 계속되고 있다. 덕분에 매년 둘도 셋도 아닌 딱 하나씩만, 불가능하다고 생각해온 무언가에 도전하며 전년과 다른 한 해를 만들고 있다. 1월 1일이 다시 두근거려졌다.

그나저나 누구였을까, 첫 번째 내기에서 50만 원을 차지한 사람은?

서른 살의 불가능

운전할 수 있을까?

　　　　　좀 모자란 구석이 있다. 좌회전하라고 하면 그게 어느 방향인지 순간 헷갈릴 때가 있다. 그러면 좌는 왼쪽, 왼쪽은 밥 안 먹는 손이라고 재빨리 회로를 돌려 좌회전을 인지한다. 그뿐인가. 9시 방향으로 가라고 하면 그게 어디인지 몰라서 아무 쪽으로 가버리고, 정면이 북쪽이라고 믿어버리는 단순한 면까지 있어서 북쪽으로 가라고 하면 직진부터 한다. 모자란 데가 있으면 꼼꼼하기라도 해야 할 텐데, 그 또한 부족하다. 지하철 플랫폼으로 내려가다가 열차가 오면 후다닥 타버린다. 그러고는 꼭 두세 정거장이 지나서야 반대 방향으로 가고 있다는 걸 깨닫는다. 매일 타는 출퇴근 지하철에서도 책을 읽거나 메모를 하다가 정신 차리고 보면 내려야 할 역에서 몇 정거장 지나 있다. 며칠 전에도 평소보다 30분 일찍 퇴근해 기분 좋게 집으로 가는데 환승역에서 막 들어오는 반대편 열차를 타는 바람에 평소와 같은 시간에 귀가하고 말았다.

지금은 한 달에 서너 번 정도 겪는 일이지만, 이십대 때는 일주일에 서너 번이었다. 그때는 스마트폰도 없던 시절이라 웹툰이나 영화를 보다가 정거장을 놓치는 게 아니라 오로지 딴생각을 하다가 놓쳤다. 가령 광고회사 인턴십 과제로 '경유 vs 휘발유'로 브레인스토밍 100가지 쓰기를 내주면, '싸다 vs 비싸다'부터 '경제학 vs 심리학', '엄마가 좋아? vs 아빠가 좋아?' 등등 떠오르는 것들을 머릿속으로 끼적이면서 버스 차창으로 우리 동네를 보고도 내려야 한다는 생각에 미치지 못했다. 멀티태스킹이 안 된달까. 물론 딴생각하지 않아도 상황은 비슷했다.

한번은 친구들과 대공원역 2번 출구에서 저녁 7시에 만나기로 했다. 추천받은 맛집에 다 같이 가려고 내가 잡은 약속이었다. 그때도 카피라이터를 지망하던 이십대 초반의 S가 함께였다. 그날 나는 안양일번가 피시방에서 하는 아르바이트를 끝내고 약속 장소로 출발할 생각이었다. 안양역에서 대공원역까지는 30-40분 걸리니까 곧바로 출발하면 한 시간 일찍 도착하고도 남을 터였다. 집에 들렀다 가기 애매하니 그 근처에서 책을 읽으며 기다리겠다고 친구들에게 문자를 보냈다. 절대 늦지 말라는 당부도 잊지 않았다. S는 나에게 정신 똑바로 차리고 오라며 주의를 줬고, 나는 중고등학교 때 소풍으로 여러 번 간 곳이니 내 구역이나 마찬가지라고 답문했다. 안양역에서 열차를 타고 두 정거장 이동한 다음 금정역에서 4호선으로 환승해 대공원역에 내렸다. 그리고 2번 출구로 나가 KFC에서 사이다를 마시며 책을 읽었다.

7시를 몇 분 남기고서 S에게 전화가 왔다. 한 정거장 뒤에 내리니 2번 출구로 나오란다. 나는 2번 출구 계단 앞에서 S가 올라오기를 기다렸다. 하지만 그는 나타나지 않았다. 얼른 전화를 걸어 어디냐고 물었다. 2번 출구 앞이란다. 나도 2번 출구 앞인데? 정말 2번 출구가 맞냐고 S가 의심스러운 목소리로 되물었다. 아무리 내가 모자라도 숫자를 읽을 줄은 알았다. 거듭 확인해도 분명 2번 출구였다. 우리 둘 다 2번 출구에 있는데 서로가 보이지 않았다. 순간 영화 〈시월애〉가 떠올랐다. 같은 장소, 다른 시공간? 팔뚝에 닭살이 돋았다. S가 2번 출구에 있는 거 진짜 맞냐고 또다시 물었을 때 나는 "진짜 맞아, 대공원역 2번 출구!"라고 신경질 부렸다. 그랬더니 S가 더 크게 신경질 냈다.

"야!!! 우리 어린이대공원역 2번 출구에서 만나기로 했잖아!"

    이게 어떻게 된 일이지? 과거로 되감기해보면, 한 친구가 나에게 어린이대공원역 2번 출구 근처에 있는 갈빗집을 문자로 추천해줬고, 나 역시 받은 문자를 그대로 친구들에게 전송했다. 그러는 중에 내 두 눈은 '어린이' 따윈 안중에도 없고 '대공원'만 보였을 것이다. 대공원, 그 세 글자를 보자마자 아는 이름이라 우쭐해졌을 것이고 우리의 약속 장소를 대공원역이라고 철석같이 믿었을 것이다. 처음 있는 일이 아니었다. 결국 제시간에 도착한 친구들은 먼저 식당으로 갔고, 뒤늦게 어린이대공원역으로 출발한 나는 약속 시각보다 한 시간 늦게 도착해 혼자 갈비를 뜯어야 했다. 2G폰 시대였기에 가능한 실수였다 믿고 싶다.

    일련의 무수한 사건을 옆에서 지켜본 S는 야박하게 굴었다. 같이 여행 가면 나를 절대로 앞장서지 못하게 했고 지도 볼 기회도 주지 않았다. 시력이 더 좋은 내가 우리가 찾는 카페가 저기 있다고 말해도 본인 눈으로 확인하지 않는 이상 믿지 않았다. 심지어 내가 사는 동네 맛집을 데려가도 "지금 제대로 가는 거 맞지?"라고 재차 묻는다. 나도 나를 믿지 못하기 때문에 그런 대접이 서운하지만은 않다.

한때는 지하철을 잘못 타고 정거장을 놓치는 내 자신이 미웠다. 새벽까지 공모전 작업 하랴 낮에 아르바이트 하랴 저녁에 공모전 회의 하랴 온몸에 피곤이 덕지덕지 매달려 있는데, 안 해도 될 고생까지 시키는 나에게 화가 났다. 내려야 할 정거장을 또(!) 지나친 어떤 날에는 너무 열받아서 누가 보든지 말든지 "으이그!" 하며 내 머리에 꿀밤을 세게 때렸더랬다. 하지만 자책하고 원망해도 고쳐지지 않았다. 하는 수 없이 자포자기하는 심정으로 있는 그대로의 나를 받아들였다. 그랬더니 한 시간 걸려 도착할 집에 한 시간 반이 걸려 와도 더는 화나지 않았다. 그저 너털웃음을 지으며 "너어, 또~" 할 뿐이다. 왜 사람들은 한 가지씩 모자란 구석이 있지 않나. 유독 숫자에 약하다든가 요리에 젬병이라든가 혹은 거절을 못 한다든가 음치 박치에 몸치라든가. 그럴 땐 '나는 대체 왜 이렇게 생겨먹었지?'라고 자책하기보단 '나는 이렇게 생겨먹었구나~' 하고 받아들이면 마음이 한결 편해진다.

나는 운전을 못하게 생겨먹었다. 베테랑이 운전하는 대중교통을 타고도 이리 고생인데 직접 운전한다면 한 시간 걸려 도착할 집에 다음 날 도착할 수도 있다. 친구들은 국가공인자격증 중에서 가장 따기 쉬운 게 운전면허라고들 했지만, 내게는 비행기 면허 따는 것만큼이나 어려워 보였다. 서울의 복잡한 도로가, 그 도로를 전속력으로 달리는 자동차가, 그 자동차에 탄 사나운 운전자가, 그 운전자가 누르는 클랙슨 소리가 무서웠다. 일곱 살 때 큰언니와 찻길을 건너다 트럭에 치인 뒤로는 '자동차는 무서운 것'이라는 등식도 내면 깊이 자리 잡았다. 이렇게 생겨 먹은 내가 어찌 감히 베테랑들과 어깨를 나란히 한 채 도로를 달리고 그들 틈을 비집고 끼어들며 차선 변경을 할 수 있단 말인가. 생각만 해도 바들바들 떨렸다. 하지만 올해는 불가능에 도전해보기로 했으니 무슨 일이 있어도 운전면허를 따야 했다.

돈의 힘은 의지력보다 강하다. 하지만 돈의 힘보다 강한 것이 있다. 30년간 몸에 밴 미루기 습관이 하루아침에 사라질 리 없었다. 바쁘면 바빠서 못 하고 한가하면 쉬어야 해서 못 하고, 오늘 못 하면 내일이 있고 이달에 못 하면 다음 달이 있으니까 하루하루 미루다 보니 운전면허 필기시험 문제집을 구매하는 데만 무려 열 달이 걸렸다. 뭐, 이유를 들자면 많았다.

1월은 통신사 경쟁 피티와 영화 마케팅 경쟁 피티, 침구 브랜드 라디오 광고 카피를 쓰면서 지나갔다. 2월은 레토르트 브랜드 경쟁 피티를 준비하며 보냈고, 3월은 보험사 경쟁 피티와 정수기 론칭 캠페인, 침구 라디오 카피를 쓰며 보냈다. 그 와중에 일이 비는 틈을 타서 S와 도쿄 여행을 다녀왔다. 4월은 보험사 인쇄 광고와 주방가전 TV 광고를 만들었고, 5월은 주말마다 약속이 많았다. 난지한강공원에서 열리는 록페스티벌에도 가야 했고 고등학교 동창도 만나야 했다. 6월은 보험사 경쟁 피티, 건강기능식품 TV 광고를 만드는 동시에 회사에서 대리 2년 차 교육이라는 명목 아래 내준 커피 캠페인을 위해 새벽 5시까지 아이데이션하고 영상 편집을 했다.

7월은 보험사 리쿠르팅 인쇄 광고와 액션영화 포스터 카피를 썼고, 8월은 보험사 경쟁 피티와 인쇄 광고, 학습지 인쇄 광고, 주방가전 TV 광고, 배터리 브랜드 TV 광고를 만들었다. 출근길엔 철학서 『피로사회』를 읽었고 퇴근 후엔 영화를 봤다. 9월은 보험사 TV 광고를 제작하고 침구 라디오 광고와 인쇄 광고를 만들면서 무라카미 하루키의 신작

『색채가 없는 다자키 쓰쿠루와 그가 순례를 떠난 해』, 『빵가게 재습격』, 조지 오웰의 『1984』, 정유정의 『28』, 히가시노 게이고의 『용의자 X의 헌신』을 읽었다. 10월은 보험사 라디오 광고와 학습지 인쇄 광고 카피를 썼고, 건강기능식품 TV 광고와 공기청정기 브랜드 필름을 만들었다. 그리고 3박 4일 제주도 여행을 다녀왔다.

그러다 보니 어느새 11월이 되었다. 일하고 놀 시간은 있어도 운전면허 공부할 시간은 어쩐지 계속 없었다. 어릴 때는 시험 기간마다 괜히 청소하고 싶고 두꺼운 인문 서적마저 재미있어 보이더니만 커서는 시험공부 하느니 차라리 일하는 게 더 즐겁다 느껴질 정도였다. S도 나와 비슷하지 않을까. 그때까지 우리는 자신의 진행 상태를 알려주거나 상대방의 달성 정도를 묻지 않았다. 나는 내심 이렇게 된 거 S도 안 했기를 바랐다. 둘 다 안 하면 무효니까 돈을 차지할 사람도 없고 잃을 사람도 없다. 그건 그것 나름대로 괜찮은 결과였다.

11월 첫 주에 S가 같이 저녁을 먹자며 우리 회사 앞으로 왔다. 밥을 먹다 말고 그는 두 가지 깜짝 소식을 발표했는데, 하나는 이직하게 되어 보름 뒤부터 새로운 광고회사에 출근한다는 것, 다른 하나는 올해 도전하기로 한 불가능을 거의 달성했다는 거였다. 카피라이터가 되지 않았다면 시나리오 작가가 되고 싶었다던 S는 평소 좋아하던 시트콤 〈지붕 뚫고 하이킥〉 대본 63회를 한 자 한 자 손으로 베껴 쓰는 필사 작업을 하기로 했었다. 그런데 마지막 한 회분만 남겨두고 다 썼다는 얘기를 이제야 털어놓았다. 그러면서 손을 보여주었는데 오른손 중지에 볼록하게 굳은살이 박여 있었다. 그러니까 이렇게까지 해놓고 여태 나한테 말을 안 했다 이거지? 발등에 불덩이가 떨어진 나는 집으로 돌아가 운전면허 2종 보통 필기시험을 예약하고, 총정리 문제집 한 권을 구매해 통째로 풀었다. 그리고 11월 18일 월요일 오전에 반차를 내고 강남운전면허시험장으로 달려가 필기시험을 치렀다. 89점으로 합격했다.

필기시험을 본 그 주 금요일에 기능시험을 접수했다. 당시 운전면허 기능시험은 거의 폐지됐다고 할 수 있을 만큼 간소화되었다. 까다로운 S자, T자 코스, 평행주차 등 열한 개 항목이 없어졌고, 전조등이나 와이퍼를 켜고 끄는 간단한 조작과 50미터 직진 주행만 하면 끝이었다. 운전대를 잡아보지 않아도, 그냥 유튜브만 보고 공부해도 충분히 숙지할 수 있는 수준이라고 먼저 기능시험을 본 지인이 일러 주었다. 시험 당일 오전 반차를 내고 강남운전면허시험장으로 직출했다. 복도에 설치된 오락실 자동차 게임처럼 생긴 시뮬레이터로 유튜브에서 예습한 내용을 네 차례 복습한 다음 기능시험을 보았다.

시험용 차량 운전석에 앉자마자 안전벨트를 착용하고 브레이크를 밟은 상태에서 키를 오른쪽으로 돌려 시동을 켰다. 첫 번째 미션 통과! 안내 방송에 따라 브레이크를 밟은 상태에서 기어를 D로 놓았다가 P로 넣었다. 두 번째 미션 통과! 다음 안내에 따라 전조등을 켰다 상향등을 켰다 하향등을 켰다 전조등을 껐다. 세 번째 미션 통과! 곧이어 방향 지시등을 켰다 껐다. 네 번째 미션 통과! 와이퍼를 켰다 껐다. 다섯 번째 미션 통과! 사이드 브레이크를 내리고 기어를 D로 바꾼 후 브레이크 밟은 발을 뗐다. 시속 20킬로미터 이내로 서행해야 하므로 액셀을 밟을 필요 없이 알아서 굴러가는 자동차에 몸을 맡겼더니 여섯 번째 미션 통과! 중간에 "돌발돌발돌발"이라는 안내 방송이 울리자마자 브레이크를 밟고 비상등을 켰다. 일곱 번째 미션 통과! 비상등을 끄고 서행해서 도로 바닥에 표시된 종료 선까지

가능한 불가능

들어와 정차하고 사이드 브레이크를 올렸더니 합격인지 불합격인지 알려주었다.

나 같은 사람이 100점 만점으로 합격했으니 상당히 문제가 있는 시험이었다고 생각한다. 예전에 인터넷에서 나라별 운전면허 시험을 비교하는 글을 본 적이 있는데 독일은 운전면허를 취득하기까지 최소 3개월에서 반년 정도 걸린다고 한다. 일단 운전학원에 등록하면 90분짜리 이론 수업을 총 열네 번 들어야 필기시험에 응시할 수 있고, 서너 문제만 틀려도 불합격이란다. 도로 주행은 기본 연수가 열 시간인데 숙달도에 따라 연수 시간은 몇 배로 늘어나고, 기본 연수가 끝나면 필수 연수로 야간 운전 세 시간, 시골길 운전 다섯 시간, 아우토반 운전 네 시간을 이수해야 한다. 도로 주행 시험에서는 운전하기 전 보닛을 열어 주요 부품의 작동 원리와 배터리, 냉각수, 엔진오일 확인법 등을 시험관에게 설명해야 한다. 그 후 한 시간 남짓 운전하면 끝인데 합격률이 30퍼센트가 채 안 된다. 그렇게 합격하고도 면허증을 발급받으려면 응급처치 교육을 여덟 시간 또 이수해야 한다.

우리나라는 여섯 시간만 도로 연수를 받아도 주행 시험

을 치를 수 있다. 하지만 하루치 근무 시간도 되지 않는 시간으로 내가 무얼 익힐 수 있을까 싶어 네 시간이 추가된 향상반을 끊었다. 일이 몰리는 12월이었지만, 약속한 날짜가 얼마 남지 않았기에 집에서 밤샘 작업을 하는 한이 있어도 무조건 정시에 퇴근해 학원으로 갔다. 운동장같이 널찍한 공터 구석에 세워진 컨테이너가 학원이었다.

수업 5분 전에 도착하니 이전 수업을 마친 강사님들이 믹스커피를 마시며 잡담을 나누고 있었다. 그러다 시곗바늘이 정확히 7시 50분을 가리키자 강사님들이 수강생을 한 명씩 호명하고 함께 배정된 차량에 탑승하러 나갔다. 겨울밤의 짙은 어둠 속에서도 나는 첫날 배정된 나의 샛노란 자동차가 여기서 가장 연식이 오래되었음을 알 수 있었다. 바깥세상에서는 이 정도로 낡은 차가 돌아다니는 걸 본 적이 없었다. 운전석에 앉아 시동을 걸려고 브레이크를 밟았을 때 견딘 세월을 짐작케 하는 둔탁함이 느껴졌다. 녀석을 움직이려면 발끝으로 툭, 이 아니라 꾸우욱- 밟아야 했다. 안전벨트를 매고 사이드미러를 조절하자 강사님이 "자, 출발하시죠"라고 지시했다. 생전 처음 밟아보는 액셀이었다. 긴장한 오른쪽 다리가 부르르 떨렸다. 어깨는 귓불에 닿을 만큼 올라갔고 양손은 운전대에 강력 본드로 붙인 듯 한시도 떨어지지 않았다.

이미 운전석에 앉을 때부터 정신이 가출했던 터라 앞차 꽁무니에 두 눈을 고정한 채 귀를 쫑긋 세우며 강사님 지시에 동아줄처럼 의지했다. "직진하세요" 하면 직진하고, "차선 변경하셔야죠" 하면 차선 변경하고, "여기서 유턴해야 합니다" 하면 유턴했다. 정면에서 조금이라도 시선을 떼면 곧바로 앞차를 받을까 봐 사이드미러와 백미러 따윈 보지도 못했다. 두 시간 주행 연습이 끝나자 체력장을 막 치른 것처럼 목과 어깨, 팔다리가 뻐근했다. 그날 밤은 화장도 지우지 못하고 쓰러져 잤다.

다음 날 두 번째 수업이 시작되었다. 도로 주행 시험에 나오는 A, B, C, D 네 코스를 반복해서 돌았는데, 몇 번을 돌고 돌아도 처음 도는 장소처럼 생소했다. 제한속도 60킬로미터가 규정이었지만, 차체에 조금이라도 속도가 느껴지면 무서워 얼른 액셀에서 발을 뗐다. 그러다 보니 시속 30킬로미터 이하를 맴돌았다. 보다 못한 강사님이 "학생분, 더 밟으셔도 됩니다. 속도 좀 내세요"라고 여러 번 주의를 주었다. 하지만 나의 의지와 상관없이 자꾸만 액셀에서 발이 떼어졌다.

세 번째 수업 날, 강사님이 눈치챘다. 내가 사이드미러와 백미러를 전혀 보지 않고 운전하고 있다는 사실을. 강사님은 차선 변경을 하기 전에 좌우 사이드미러부터 살펴야 한다고 힘주어 말하면서 사이드미러를 봤을 때 옆 차선의 뒤차가 멀찌감치 보이면 차선을 변경해도 되고, 뒤차의 속도가 내 차보다 빠르면 변경하지 말라고 했다. 근데요, 강사님. 그게 제 맘대로 되냐고요. 유턴할 때도 그런 공식이 있을까 싶어 핸들을 몇 번 감으면 되는지 물어보았더니 그건 그때그때 상황에 따라 감각적으로 해야 한다는 실망스러운 답변이 돌아왔다.

네 번째 연수 날에도 여전히 어깨는 귓불에 닿을락 말락 했고 오른쪽 다리의 긴장 역시 풀리지 않았다. 다른 수강생들 자동차는 흔들림 없이 곧게 달리는데 어째 나의 붕붕이만 계속해서 오른쪽으로 치우쳤다. 시야를 멀리 하면 가운데로 달릴 수 있다고 배웠지만, 나의 눈은 한 치 앞밖에 보지 못했다. 차선을 변경할 때마다 유턴할 때마다 횡단보도를 끼고 우회전할 때마다 속으로 비명을 질렀다. 믿을 건 암기뿐인지라 학원에서 시험 족보처럼 프린트해준 A,

B, C, D 코스별 지도를 주머니에 넣고 다니며 달달달 외웠다. 퇴근길 버스 안에서 코스 하나하나를 떠올리며 머릿속으로 운전하다가 내려야 할 정거장을 놓치기도 했다.

마지막 날이 되었다. 평소 말수가 적던 강사님은 그날따라 나에게 자신감을 심어주고 싶었는지 과거 한 수강생 이야기를 해주었다. 그 어르신은 운전 감각이 너무 없어서 도로 주행 시험만 여러 번 떨어지셨단다. 그러던 어느 날 그분이 학원으로 찾아와 감사하다고 인사하며 합격 소식을 전했다고 한다. 어떻게 합격하셨는지 물었더니, 시험에 무작위로 나오는 A, B, C, D 모든 코스를 두 발로 직접 걸어다니며 몸으로 외우셨다고. 마치 서울대 합격 비법이라도 알게 된 것 같았다. 내일이 시험 날만 아니었다면 나도 따라나섰을지 모른다.

12월 6일 금요일 오전, 두 명의 수험생이 한 조가 되어 어느 코스를 운전할지 제비뽑기했다. 네 가지 코스 중 가장 복잡해서 제발 나오지 않길 바랐던 D 코스가 나와서 가뜩이나 심란한데 옆에 앉은 감독관은 가차 없었다. 조금이라도 실수하면 득달같이 "차선 밟았습니다. 감점 5점!", "또 차선 밟았습니다. 감점 5점!" 하며 생중계했고, 100점으로 시작한 점수가 가을 낙엽처럼 우수수 떨어지자 손바닥에 식은땀이 났다. 결국 코스를 완주하지 못하고 도중에 시험이 끝나버렸다. 커트라인 점수가 간당간당했지만 아직 불합격은 아니었는데, 실격하고 만 것이다. 도로 신호등이 주황에서 빨강으로 바뀌려는 찰나에 속도를 줄이지 못하고 그냥 달려버렸기 때문이다. 재시험 안내를 뒤로하고 시험장을 서둘러 빠져나왔다. 다시 액셀을 밟을 용기가 없었다.

불가능하다는 걸 아는 것과 경험하는 건 차원이 달랐다. 지금까진 할 수 없어서 안 했다면 이제는 해봐도 할 수 없는 거였다. 훨씬 서글프고 비참했다. 실격한 다음 날 참담한 마음으로 미국 출장을 떠났고 한국에 돌아왔을 땐 12월 중순이 지나 있었다. 내가 그럼 그렇지, 까짓것 S에게 25만 원 주지 뭐, 라고 자위하며 포기하기로 했다. 그러면 홀가분할 줄 알았는데 되려 착잡했다. 지금까지는 운전이 내 인생의 가장 큰 두려움이었는데, 그보다 '나는 해도 안 되는 사람'이라고 스스로 종지부를 찍는 괴로움이 더 크게 다가왔다. 그걸 깨달은 순간, 겨자씨만 한 용기를 붙들고 학원으로 가서 운전 연수를 추가 신청하고 재시험을 등록했다.

전날 밤 두 시간 연수를 받고, 12월 23일 새벽에 한 번 더 연수를 받은 후 시험을 치렀다. 그나마 덜 복잡한 코스라 간절히 나오길 바랐던 A 코스가 나왔고, 새로운 감독관은 감점 사유를 생중계하기보단 잘하고 있으니 긴장 푸시라고 다독여주었다. 지금껏 열심히 외운 길을 마음속으로 읊으며 코스를 한 바퀴 돌고 주차까지 끝냈다. 곧바로 감독관이 짧게 통보했다.

"합격하셨습니다."

드라마에 자주 나오는 진부한 장면이 있다. 너무 기쁜 나머지 웃음을 주체 못 하는 장면. 주책맞아 보일까 봐 표정을 가다듬으려 하지만 계속해서 올라가는 입꼬리를 제어할 수 없다. 합격 통보를 받은 날, 나는 그 장면이 과장된 표현이 아니라는 걸 알게 되었다. 지하철을 타려고 길을 걷는데 자꾸만 웃음이 입술을 비집고 나와 입이 영 다물어지지 않았다. 입꼬리뿐 아니라 안면 근육을 모두 움직이는 커다랗고 힘센 웃음이었다. 이러다 미친 사람처럼 보이겠다 싶어 표정을 추스르려 했지만 실패하고 결국엔 양손으로 웃는 입을 가리고 길을 걸었다. 그런데도 얼굴 전체로 퍼진 웃음기를 가릴 수 없었다. 처음 느껴보는 희열이었다.

살면서 성취감을 느낀 몇 가지 경험이 있다. 미대에 가려고 재수를 결심한 뒤 열 달간 4B 연필 깎는 법부터 선 긋기, 명암 넣기, 석고 데생을 배워 디자인과에 장학생으로 합격한 경험, 디자인을 전공했지만 카피라이터로 광고회사에 합격한 경험, 대학 시절 동경했던 회사로 이직하려고 점심시간에 짬 내서 팀장 면접 보고 또 임원 면접을 본 후 최종 합격한 경험. 그런데 운전면허 시험에 합격한 경험은 여태껏 느껴온 성취감과 달랐다. 알을 깨고 나오는 희열이 이런 걸까. 간절히 원하던 일을 이룬 적은 있지만, 불가능한 일을 이뤄본 건 처음이었다. 그날 느낀 성취의 기쁨은 뿌리가 깊고 단단해서 앞으로의 인생에 큰 버팀목이 될 거라는 걸 어렴풋이 예감할 수 있었다.

2014년 1월 1일, 엔제리너스 연대점 4층에서 S를 만났다. 나는 운전면허 합격증을, S는 A4 용지 한 팩 분량의 필사 종이를 전리품처럼 가져왔다. 둘이 눈이 마주친 순간 인사도 하기 전에 입꼬리부터 올라갔다. 말하지 않아도 어떤 기분인지 알았다. 우리는 한참 키득거렸고 무용담을 나눴

가능한 불가능

다. 그리고 상금 50만 원으로 고급 레스토랑에 가서 가격을 보지 않고 먹고 싶은 음식을 시켰다. 고기를 먹으며 우리는 얘기하고 있었다.

"이번에는 뭐 할까?"

서른한 살의 불가능

좋아하는 곡 하나쯤은

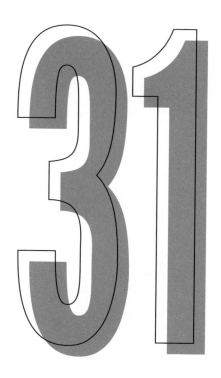

　　　　　　　　　　　　"유치원 갈래? 피아노학원
갈래?"

　이제 막 일곱 살이 된 나에게 엄마가 물었다. 형편이 된
다면야 둘 다 보내고 싶었겠지만, 세 쌍둥이와 다를 바 없
는 연년생 셋을 키우는 우리 집에서 여러 가지 사교육은 무
리였다. 원하는 모든 걸 해줄 순 없어도 원하는 한 가지는
고를 수 있게 해주고 싶었던 엄마는 나를 데리고 피아노
학원에 갔다. 넓지 않은 공간을 가능한 한 많이 쪼개고 쪼
개 교실 하나에 피아노 한 대가 밤알처럼 꽈악 들어차 있었
다. 뚱땅거리는 소리가 흘러나오는 교실 문을 원장 선생님
이 살짝 열어 참관시켜주었다. 또래로 보이는 아이가 검고
네모난 물체 앞에 앉아 두 손을 건반에 올려놓고 사부작사
부작 움직이고 있었다.

　다음으로 견학한 유치원은 피아노학원 바로 위층이었
다. 계단을 오를수록 오디오 볼륨을 확 높인 것처럼 시끌

벅적한 소리가 쏟아졌다. 일곱 살은 백합반, 여섯 살은 장미반, 다섯 살은 튤립반이라고 했다. 커다란 놀이기구와 장난감이 가득한 공간을 지나 백합반에 들어서자 긴 머리를 양 갈래로 땋은 귀여운 얼굴이 내 쪽으로 뛰어왔다. 동네에서 제일 친한 친구였다. 맨날 만나는데 여기서 만나니까 괜히 더 반가워 둘이서 팔짝팔짝 뛰었다. 집으로 돌아가는 길에 엄마가 어디가 더 좋으냐고 물었다. 조금도 망설이지 않고 유치원을 택했다. 허구한 날 장롱 문짝에 매달려 타잔 놀이를 하고 문틀 사이에 양 손바닥과 발바닥을 뻗어 천장에 머리가 닿을 때까지 기어올랐던 어린이에게 가만히 앉아 손가락만 움직여야 하는 피아노는 무척 지루해 보였기 때문이다.

이후로 학창 시절 내내 영어만큼이나 바닥을 기어 다닌 과목이 음악이었다. 단소나 리코더처럼 비교적 다루기 쉬운 악기에도 소질과 재미를 발견하지 못해 실기 점수가 최저점을 밑돌았다. 음악 선생님이 피아노 건반을 뚱– 치면 그걸 듣고 무슨 음인지 적어 내는 쪽지 시험은 그야말로 소 귀에 경 읽기. 어쩜 다들 듣자마자 파#인지 솔인지를 알고 쓱쓱 써 내려가는지 신기할 따름이었다. 나는 뭐 그냥 도

가능한 불가능

레미파솔라시 일곱 개 중 하나를 찍을 뿐이었다. 원래 못 하면 더 하기 싫은 법이라 일찌감치 음악을 없는 과목 셈 쳤다. 그러다 보니 음악에 있어서는 일곱 살 때 수준이나 열일곱 살 때 수준이나 고만고만했고, 그 상태 그대로 서 른한 살이 되었다.

2014년에는 어떤 불가능에 도전할지 S와 얘기하는데 일 순간 피아노가 머릿속을 스쳤다. 여전히 피아노라는 악기 엔 흥미가 없었지만, 내가 가장 좋아하는 곡이 어쩌다 보 니 어떤 피아노곡이었다. 그 곡을 어디서 처음 들었는지는 잘 기억나지 않는다. 길거리 스피커에서 흘러나왔는지, 카 페에서 우연히 들었는지, 라디오 방송에서 틀어줬는지 모 르겠지만, 처음 들었을 때의 느낌만큼은 아직도 생생하다. 첫 음이 귓가에 닿는 순간, 귓속이 청량해지면서 맑고 깨 끗한 물이 흐르는 시냇가에 있는 것처럼 기분이 시원해졌 다. 코끝에선 신선한 풀 내음이 나는 것 같기도 했다. 또 어 딘가에서 투명한 유리구슬이 굴러다니는 것 같기도 했고.

훗날 그 피아노곡이 영화 〈기쿠지로의 여름〉 OST이고, 곡명이 'Summer'라는 걸 알았을 때 천생연분을 만난 것처럼 솟구치는 흥분감으로 심장이 마구마구 콩닥거렸다. 맞아 맞아! 그때 느낀 두루뭉술한 기분을 언어로 표현하면 바로 '여름'이었어! 내가 가장 좋아하는 계절이 바로 여름인데! 피아노 문외한인 내가 가사도 없는 멜로디만 듣고 여름을 느끼다니! 소름! 잠깐만, 작곡가가 히사이시 조라고? 지브리 애니메이션의 그 작곡가? 내가 제일 좋아하는 게 지브리 애니메이션인데! 하나부터 열까지 우리가 운명이라고 말해주는 공통점을 찾아내며 혼자서 조용히 기뻐라 했다. 그때부터 봄바람의 끄트머리에서 온기가 느껴질 즈음이면 나는 반팔 티셔츠보다 먼저 'Summer'를 꺼내 듣는다.

하도 들어서 이제는 듣지 않을 때도 멜로디 전체를 흥얼거릴 수 있는 정도가 되었지만 직접 연주할 생각은 감히 하지 못했다. 음표도 읽지 못하는 까막눈에다 멜로디언도 버거운 음악 젬병에게 피아노는 범접할 수 없는 히말라야이자 심해이고 별세계였으니까. 그러나 올해는 달랐다. 나는 평생 불가능하다 여겨온 운전을 해낸 사람이 아닌가. 그러니 이번에도 까짓것 해보자는 마음이 들었다. 그리하여 저녁 늦게까지 운영하는 피아노학원을 찾아 2014년 2월 3일 월요일, 성인 기초반에 등록했다. 앞으로 매주 화요일과

가능한 불가능

목요일 저녁 8시 30분은 피아노를 위한 시간이었다.

피아노를 배우는 건 새로운 언어를 배우는 것과 비슷하다. 영어는 알파벳, 일본어는 히라가나 읽는 법부터 시작하듯 피아노는 높은음자리표와 낮은음자리표 읽는 법부터 시작이었다. 오선지 노트를 펼친 선생님이 '𝄞'를 그리며 이것이 높은음자리표라고 했다(얘도 이름이 있었구나!). 오선지 줄과 칸에 검은콩 하나씩을 그려놓고 밑에다 가온 도, 레, 미, 파, 솔, 라, 시, 도라고 썼다. 피아노 건반은 낮은 음역부터 높은 음역까지 총 여덟 개의 '도'가 있는데 피아노 정중앙에 앉았을 때 바로 앞에 있는 도가 네 번째이고 가온도라고 부른다고 했다(오, 그랬구나!). 높은음자리표는 오른손용이고 그 아랫단 악보에 있는 낮은음자리표 '𝄢'는 왼손용이었다(처음 알았다!). 높은음자리표에서 '라'에 해당하는 자리에 있는 음표가 낮은음자리표에서는 '도'이고 피아노 위치로는 세 번째 도였다. 오선지에 있는 음표를 보는 순간 저건 낮은음자리표에서 세 번째 칸에 그려진 거니까 '미'구나~라고 뇌를 거쳐 생각하는 게 아니라 곧장 손가락이 피아노 건반의 '미'를 누르는 단계가 될 때까지 계이름에 익숙해져야 한다며 선생님은 수업이 끝나면 숙제를 내줬다. 한 페이지당 오선지 네 개가 들어간 종합장에 선생님이 검은 콩나물을 가득 그리면 그 아래 내가 계이름을 적어 와야 했다. 매번 두 장씩 내줬는데 그 간단한 숙제를 미리미리 하지 못해 꼭 학원 가는 날 2호선 지하철 안에서 두 발로 중심을 잡고 서서 채워 넣었더랬다(으이그!).

도레도레 / 미솔파미 / 레파미레 / 도미솔솔 / 라라라솔. 악보에 있는 계이름을 건반으로 누르는 모양새가 마치 컴퓨터를 막 배운 어르신이 기역 자를 누르려고 키보드를 한참 들여다보는 것 같았다. 그런 내가 무턱대고 'Summer'부터 도전하는 건 자음 모음도 안 뗀 아이가 소설책 한 권 읽기부터 시도하는 것과 다름없었다. 일단 어린이용 교재인 『냠냠 맛있는 재즈 소곡집』으로 4개월간 기초를 다지기로 했다. 알록달록한 일러스트가 가득하고 돋보기로 본 것처럼 음표가 큼직큼직한 교재였다. 원곡에서 치기 까다로운 부분은 과감히 발라내고 먹기 좋은 살만 하이라이트로 남겨놓은 터라 매주 한 곡을 간신히 소화할 수 있었다. 노르웨이 민요인 '당신은 소중한 사람'부터 P. 세느비유가 작곡한 '아드린느를 위한 발라드', 교회에서 자주 부르던 '당신은 사랑받기 위해 태어난 사람', 캐럴 '화이트

크리스마스', '펠리스 나비다', 〈오즈의 마법사〉 OST인 '오
버 더 레인보우'까지 귀에 익은 곡들 위주로 연습했다.

어떤 곡이든 연습 순서는 같았다. 먼저 오른손 부분을
치고 그다음에 왼손 부분을 치고 그 후 양손으로 같이 치
고. 곁에 앉은 선생님은 내가 어려워하는 부분을 차근차근
설명해주고 실수하는 부분을 짚어주며 손가락이 헤맬 때
마다 어떤 손가락으로 쳐야 하는지 악보에다 손가락 번호
를 매겨주었다. 또 제멋대로 빨라졌다 느려지는 박자를 제
대로 맞춰준 후 혼자 연습할 수 있도록 오늘의 할당량을 악
보 귀퉁이에 적고 자리를 떠났다.

–오른손 10번, 왼손 10번, 같이 5번.

왼손은 거들기만 하는 농구와 달리 피아노는 양손을 모
두 잘 써야 한다. 하지만 평생을 오른손잡이로 살아온지라
왼손은 내 손인 듯 내 손 아닌 내 손 같았다. 예전에 직장을
다니며 육아하는 와중에 전공 공부까지 하던 한 친구가 우
뇌를 발달시키겠다며 양치질을 왼손으로 하기 시작한 적
이 있다. 그 얘기를 듣고 나도 따라서 왼손으로 양치해보
았는데 어찌나 어색하고 서툰지 양치질을 처음 하는 유아
기로 돌아간 기분이었다. 어금니까지 꼼꼼하게 닦지 못해

결국 칫솔을 오른손에게 넘겨주고 마무리했더랬다. 피아노 치는 사람들을 볼 때마다 항상 신기했던 것이 바로 왼손이었다. 어떻게 왼손과 오른손이 따로따로 움직일 수 있을까. 나는 피아노를 뚱땅거리는 시늉만 해도 늘 왼손이 데칼코마니처럼 오른손을 따라가던데 말이다. 그런데, 악보 보는 법을 배우고 건반 위치를 알게 된 것만으로 왼손과 오른손이 제 역할을 해내려 제각각 움직이는 게 아닌가. 아직은 버벅대고 어설프지만 그럼에도 불구하고 양손으로 피아노를 치는 스스로가 너무 대견해서 수업을 마치고 버스 정류장으로 걸어가는 골목길에서 얼마나 실실 웃었는지 모른다.

학원에 다닌 지 한 달이 지났을 무렵 집에 피아노를 들여놓았다. 피아노라고 부르기엔 진짜 피아노에게 미안한데, 여하튼 61개 건반으로 이뤄진 디지털피아노였다. 가격은 최저가 57,860원…. 사실 피아노는 흰건반 52개와 검은건반 36개로 총 88개 건반이지만 그건 가격이 꽤 나가서…. 음질이 떨어지고 음역대가 넓지 않으나 손가락 연습하기엔 충분하니까 그럭저럭 만족하며 학원 가지 않는 날엔 집에서 그걸로 복습했다. 한 곡을 여러 번 반복해서 치다 보면 손가락이 버퍼링 없이 매끄럽게 악보를 따라가는 순간이 훅, 하고 찾아오곤 했다.

그즈음 둘째 언니가 61개 건반으로 피아노를 독학하기 시작했다. 유치원 동문인 언니도 어릴 적에 피아노를 배우지 않아 수준이 나와 도토리 키 재기였다. 악보 보는 법만 간단히 알려줬는데 언제부턴가 내가 배우는 『냠냠 맛있는 재즈 소곡집』을 나보다 반드럽게 연주하고 진도도 훨씬 앞서 나갔다. 치고 싶을 때만 치는 나와 다르게 언니는 매일 저녁을 먹고 나면 디지털피아노 앞에 앉아 이어폰으로 연결된 연주의 세계로 빠져들었다. 직장 후배에게 선물받은 『독주자를 위한 피아노 명곡집』은 체르니 40번 정도 되는 난도라서 나는 손도 못 댔는데 어느 날 퇴근하고 돌아와 보니 언니가 그 악보집을 보며 연주하고 있었다. 굳이 비교하지 않아도 은연중에 알고 있었다. 나에겐 음악적 재능이 손톱만큼도 없다는 걸. 음악적 센스 또한 떨어진다는 걸.

영화 〈라라랜드〉에서 라이언 고슬링은 재즈 피아니스트를 연기하며 복잡하고 아름다운 피아노 연주를 선보인다. 분명 치는 척 연기하는 걸 텐데 손가락과 피아노 사운드 싱크가 너무 잘 맞아떨어져 영화를 보는 내내 감쪽같다고 생각했다. 집으로 가는 길에 영화 리뷰를 찾아보다가 라이언 고슬링이 모든 피아노 연주를 대역 없이 직접 쳤다는 기사를 보고 얼마나 놀랐는지 모른다. 더 놀라운 건 피아노를 배운 기간이 몇 개월뿐이고 매일 두 시간씩 연습하며 피아노를 손에 익힌 결과라고 했다. 배우라는 직업이 입금만 되면 배역을 위해 단기간에 몸무게를 수십 킬로그램씩 빼거나 마른 몸을 근육질로 만드는 놀라운 일을 해낸다는데, 뭐 그것까지는 나도 큰돈을 받으면 이 악물고 해낼 수 있을 거 같긴 하다. 하지만 라이언 고슬링처럼 나도 몇 달을 피아노에 매진했으나 결과는 원곡을 어린이용으로 편곡한 것만 겨우 칠 수 있을 뿐이었다. 정말이지 소질이 없어도 너무 없었다. 그렇지만 조금도 실망하지 않았다. 나에겐 1년이라는 시간이 있고, 치고 싶은 피아노곡이 있으니까. 그것만으로도 피아노를 배우고 연습하는 모든 과정이 행복했다. 단 한 번의 결석도 없이 4개월 완성 기초반을 마쳤다.

작곡을 전공한 히사이시 조가 연주자로서 피아노를 치기 시작한 건 서른 살이 넘어서였다. 자신이 창작한 곡의 의도를 가장 잘 알고 있는 사람은 아무래도 본인일 테니,

그 음악을 표현하기 위해 피아노를 연주하기 시작했다고 한다. 하지만 어디까지나 작곡가로서 머릿속에 있는 소리를 확인하려고 친 것이지 다른 사람에게 들려주려고 친 것은 아니었는데, 그의 피아노 연주를 사랑하는 사람이 많다 보니 이제는 수많은 관객 앞에서 피아노를 연주하는 히사이시 조가 낯설지 않다. 나는 'Summer'를 듣는 것만큼이나 그 곡을 연주하는 히사이시 조를 보는 걸 좋아해서 아주 오래전 그가 도쿄 오페라시티 콘서트홀에서 공연한 영상을 종종 돌려보곤 한다. 연주를 시작하려고 왼손을 건반에 올려놓으려다 주저하듯 내리고 다시 손을 올리려다 내리고 그러다 결심한 듯 단호하게 왼손으로 반주를 시작하는 찰나가 좋다. 연주에 몰입해 본인도 모르게 입이 살짝 벌어지는 표정과 16분음표로 가득한 중반부 리듬에 어깨를 살짝살짝 흔들며 곡에 빠져드는 모습이 좋다. 입을 앙다물고 온 힘을 다해 치는 마지막 마디와 연주가 끝나고 어린아이처럼 풀어져 웃는 모습이 좋다.

작곡가이자 피아니스트이며 지휘자인 그가 가장 어렵다고 느끼는 것이 바로 피아노 연주라고 한다. 물론 지휘도 어렵지만 악기의 소리는 오케스트라가 내기 때문에 피아노를 직접 연주하는 것보다는 마음이 편하다고 그의 에세이집에서 고백했다. 피아노를 연주하기로 한 공연 날이 가까워지면 마음이 무거워져 매일 열 시간 넘게 연습에 매진하는데, 그만큼 연습하지 않으면 무대에 올라갈 마음이 들지 않는다고 한다.

그에게는 무대에 오르기 전 매번 똑같이 하는 루틴이 있다. 생활계획표처럼 순서까지 세밀하게 정해져 있다. 오후 3시쯤부터 대략 두 시간 동안 오케스트라와 최종 리허설을 끝내고 대기실로 돌아가 45분간 가수면을 취한다. 이 때문에 공연장이 어디든 대기실에 미리 침대를 준비해달라는 요청을 한다. 잠에서 깨면 화장실을 다녀오고 담배를 피우고 수염을 깎고 세수를 하고 양치를 하고 스트레칭을 한 다음 속옷부터 양말까지 전부 새것으로 갈아입고 옷을 입는다. 여기까지 하고 나면 공연 시작 15분 전이 된다. 그 시간이 되면 사람들을 대기실에서 내보내고 혼자만의 시간을 갖는다. 테이블 위에 수건을 깔고 피아노 건반을 떠올리며 피아노 교본인 '하농'을 치는 시늉을 하면서 손가락을 푼다. 그러고 나서 무대에 오른다.

히사이시 조가 내한한 2011년 1월 18일 저녁, 나는 그의 무대 바로 앞인 1열 한가운데에 앉아 있었다. 예매한 좌석을 확인하고 가방을 의자 아래 내려놓은 후 코트를 벗어 무릎 위에 가지런히 올려놓고 핸드폰 전원을 껐다. 설렘인지 긴장인지 모를 이상한 떨림으로 오케스트라 단원이 연주석을 채우는 모습을 찬찬히 지켜보았다. 뒤이어 그가 무대에 올랐다. 한 곡이 끝날 때마다 밀도 높은 박수 소리가 공연장을 채웠고 순식간에 2부의 세 번째 연주가 끝났다. 이어서 히사이시 조가 무대 중앙에 놓인 그랜드 피아노 앞에 앉아 건반에 손을 올렸다. 오케스트라의 전주가 흐르는 사이 그의 손을 따라 여름의 소리가 울려 퍼졌다. 따라라라 라라라, 따라라라 라라 라라라…. 관객과 연주자의 열기에 둘러싸여 몸에서는 미열이 나는데 살갗에는 닭살이 돋았다. 심장이 터질 것 같아서 한 손을 가슴에 올려놓으며 귓가에 들리는 음을 하나하나 붙잡았다. 아까부터 참았던 눈물이 더는 버티지 못하고 아래로 툭 떨어졌다. 나의 사랑하는 계절이, 그리운 시절이, 시간이 지나도 때 묻지 않는 감수성이, 맑고 투명한 위로가, 빛나는 기쁨이, 아름다운 지금이 흐르고 있었다.

피아노를 시작한 지 반년이 더 지나서야 'Summer'를 배우게 되었다. 실력이 더디게 느는 탓에 『간추린 체르니 100』으로 기초 수업을 연장하다가 8월의 마지막 날, 이쯤 되면 해도 되지 않을까 싶어 가방에서 'Summer' 악보를 꺼내 선생님에게 살며시 내밀었다. 학원을 등록한 날부터 들고 다녔으나 한 번도 펼쳐보지 못해 구김 없이 빳빳한 신상이었다. 선생님은 아직 무리라는 표정을 지으며 머뭇거렸지만 나의 너무나 간절한 눈빛을 마주하고는 한번 해보자고 승낙했다. 왼손은 잠시 넣어두고 일단 오른손이 시작되는 넷째 마디부터 여덟째 마디까지 쳤다.

라레미파# / 미레레- 라레미파# / 미레미- 파#파#-

라레미파# 미레레- / 라레미파# 미레미- / 라파#- 파#솔

라레미파#를 쳤다. 오선지에서 '파'와 '도'에 해당하는 자리에 '#'이 붙어 있다. 이건 해시태그가 아니라 반음 올리라는 뜻으로 해당 음의 오른쪽에 있는 검은건반을 눌러야 한다. 'Summer'는 '파'와 '도'를 반음 높여서 쳐야 하므로 헷갈리지 않게 악보에 있는 '파'와 '도'를 모두 찾아 빨간 볼펜으로 동그라미 표시를 했다. 단, 중간에 조표가 바

뀌는 네 마디는 제외하고.

미레레-를 쳤다. 악보에는 음표가 미레레레, 네 개인데 치는 건 미레레- 세 번이다. 마지막 음표 '레'와 '레' 사이에 '⌒' 모양의 줄이 그어져 있는데, 이는 붙임줄로 연결된 두 음을 한 음으로 쳐서 연주하라는 의미이다. 붙임줄이 있는 음계의 마지막 음을 치지 않도록 선생님이 연필로 엑스 표시를 해주었다.

다섯째 마디 끝에 있는 두 음은 화음이다. 손가락을 쫙 펼쳐 엄지로는 반음 올린 낮은 파를, 새끼손가락으로는 반음 올린 높은 파를 동시에 친다. 반 박자 뒤에 손가락을 반 칸 옮겨 낮은 솔과 높은 솔을 동시에 친다. 여섯째 마디부터는 세 음을 동시에 치는 화음이 쏟아진다. 엄지로는 낮은 라를, 검지로는 반음 올린 도를, 새끼손가락으로는 높은 라를 동시에 친다.

아직 왼손은 시작도 못 했고 오른손도 히말라야 입구 언저리만 훑은 셈이지만 내 손에서 내가 좋아하는 멜로디가 흘러나온다는 사실만으로도 벅차올랐다. 원곡보다 몇 배나 느리고 서툰 연주였으나 그것이 나에게는 닐 암스트롱의 발자국이자 위대한 도약이었다.

피아노학원은 옆 동네에 있는 아담한 곳이었다. 유리문을 열면 양팔 간격 정도 되는 좁은 복도를 두고 왼편에 교실 세 개, 정면에 교실 하나가 있었다. 교실 문마다 헨델, 베토벤 등 음악가 이름이 붙어 있고 내부는 꽃무늬 벽지로 둘러싸여 있었다. 나와 동갑내기인 선생님은 유치원 선생님처럼 친절하고 다감했다. 자꾸 틀리고 잘 치지 못해도 나무라지 않고 늘 웃는 얼굴로 잘하고 있다며 자신감을 북돋아주었다. 덕분에 학원에 가기 싫은 날이 하루도 없었다.

한 달 정도 'Summer'를 처음부터 끝까지 훑고 양손으로 연습하기 시작했다. 방식은 이전과 동일했다. 구간을 나눠 오른손 10번, 왼손 10번, 같이 5번 치고, 왼손이 부족하다 싶으면 왼손만 따로 10번씩 쳤다. 유독 힘겨운 구간은 오른손 20번, 왼손 20번이 하루의 할당량이었다. 나날이 악보가 수험생 노트처럼 필기로 가득해졌다. 어느 손가락으로 쳐야 하는지 헷갈리는 부분은 손가락 번호를 써 넣었고 16분음표가 계속 이어지는 구간도 손가락이 다음 음으로 매끄럽게 넘어갈 수 있도록 손가락 번호를 매겨놓았다. 왼손과 오른손의 박자가 달라서 자주 틀리는 부분도 전부 표시하고, 마지막 보표쯤 가서는 에라 모르겠다, 그냥 계이름을 대놓고 적는 꼼수를 부렸다.

어느덧 가을이 되었다. 웬만하면 학원 수업만큼은 빠지지 않으려 노력했건만 우리 팀 경쟁 피티와 더불어 다른 팀에서 진행하는 경쟁 피티까지 동시에 참여하라는 지시가 떨어져 당분간은 집에서 자습하기로 했다. 하지만 우리 집 피아노는 일반 피아노보다 건반이 27개나 부족했고, 그러니 'Summer'의 음역대를 온전히 커버할 수가 없어서 완곡 연주가 어려웠다. 이런저런 핑계로 차일피일 미루는 사이, 직장 가까이로 독립하면서 학원과의 거리가 한 시간 넘게 멀어져 자연스럽게 등원도 연습도 멈추었다. 달력이 12월로 바뀌고 더는 손을 놓고 있을 수 없어 부랴부랴 이사한 집 근처의 피아노학원에 등록했다. 이제 연습할 날이 31일밖에 남지 않았다.

긴 머리를 집게 핀으로 말아 올린 새로운 피아노 선생님은 말투가 카랑카랑하고 연륜이 있어 보였다. 이달 말까지 'Summer'를 마스터해야 하는 사정을 말씀드렸더니 지금까지 연습한 걸 쳐보라고 했다. 처음 보는 사람 앞이라 긴장도 했지만 본래 손이 느린 탓에 열심히 친다고 쳐도 늘어진 테이프 같은 소리가 나왔다. 듣고 있던 선생님은 이 대로는 이달 말까지 어렵다며 엄청나게 노력해야 한다고 현실을 일깨워주었다. 그러고는 내가 실수한 부분을 콕 짚어 다시 쳐보라고 했다. 또 틀리자 다시 쳐보라고 했다. 또 틀리자 몇 번이고 다시, 다시, 다시 쳐보라고 했다. 틀리지 않으려고 젖 먹던 집중력까지 끌어올려 다시 쳤다. 그랬더니, 그게, 됐다! 그동안 나는 100퍼센트의 집중력으로 피아노를 친다고 생각했는데 아니었다. 이제까지의 100퍼센트는 70퍼센트였고 지금이 100퍼센트라는 걸 느끼며 초집중적으로 연습했다. 이게 다 선생님이 무서워서였다.

예전 선생님은 내 옆에 앉아 조곤조곤 가르쳐주었는데, 새로운 선생님은 내 뒤에 서서 매의 눈으로 지켜보는 스타일이었다. 마치 선생님이 당구봉만 한 매를 들고 서서 내가 틀리면 곧장 손등을 때릴 것 같을 정도의 위압감이었다. 얼마나 부담되고 스트레스를 받았는지 학원 가기가 두려웠다. 하지만 실력은 하루가 다르게 늘었다. 한 번도 제대로 쳐본 적이 없는 구간을 선생님이 다음 시간까지 제대로 연습해 오라고 하면 혼나지 않으려고 어떻게든 해내고야 말았다. 그러다 하루는 집에 있는 피아노로는 연습이 어려워 선생님에게 수업이 없는 날에 잠깐 나와서 복습해도 되느냐고 조심스럽게 물어보았다. 그랬더니 아무 때나 치고 싶을 때 나와서 연습하라며 학원 열쇠를 넘겨주었다. 선생님은… 츤데레였던 것이다. 다음 날부터 퇴근하면 곧바로 피아노학원에 들러 한두 시간씩 혼자 연습하고 집으로 돌아갔다.

한겨울이라 수업 시간에는 기름 난로를 켜지만 혼자 나와서 연습할 때는 기름을 쓰는 게 죄송해서 그냥 추위를 견디며 연습했다. 입김이 나오는 실내에서 완곡을 두세 번 정도 하면 손가락이 시려서 겨드랑이에 양손을 넣어 데운 뒤 한 곡을 치고 다시 데우기를 반복해야 했다. 한파가 심한 날에는 손가락이 얼음처럼 차가워져 30분만 연습하고 나오기도 했다. 아무리 추워도 매일매일 연습은 거르지 않았다. 하지만 여전히 손가락은 내 마음대로 움직이지 않아 답답했다. 할 수 있는 건 연습뿐이라 크리스마스이브 전날에도, 크리스마스이브에도, 크리스마스 다음 날에도 학원에 가서 두 시간씩 피아노를 쳤다. 며칠 전 선생님이 가르쳐준 대로 페달을 밟아보기도 하며 나만의 'Summer'를 완성해갔다.

D-4일. 여전히 열여덟째 마디부터 스물아홉째 마디까지가 말썽이었다. 반의반 박자로 빠르고 일정하게 쳐야 하는데, 치다 보면 손가락에 가속도가 붙어 갑자기 리듬이 급해지고 깨졌다. 박자를 맞추려고 의식하면 건반을 잘못 누르거나 손가락이 머뭇거리다 엇박자가 났다. 그 부분만 집중적으로 연습하는데 마음만큼 손이 따라와주지 않아서 좌절하다 연습하다 좌절하다 연습하다를 반복했다. 지금까지 잘해왔는데 조금만 힘내자고 다독이며 연습하고 뒤돌아서 좌절했다.

D-2일. 열세째 마디와 마흔째 마디의 '시파#미레시' 역시 말썽이었다. 미와 높은 시의 화음인 첫 음을 엄지와 검지로 동시에 치고 이어서 중지로 반음 올린 파를 치고 이어서 검지로 미를 치고 이어서 엄지로 레를 치고 이어서 다시 검지로 낮은 시를 쳐야 한다. 손가락 번호로는 2+5→3→4→1→2. 가뜩이나 손가락이 꼬여서 힘든데 반의반 박자 사이에 반 박자가 끼어 있어서 박자까지 꼬였다. 그래도 점차 나아지고 있었다. 혼자 연습할 때마다 손동작을 보려고 핸드폰으로 촬영했는데 12월 초와 비교하면 확실히 속도감이 늘고 매끄러워졌다. 그렇게 과거의 나

가능한 불가능

와 오늘의 나를 비교하며 나아진 점을 칭찬하고 독려하면
서 연습을 이어갔다.

내 음악의 첫 번째 청중은 나 자신이다. 따라서 내가 흥분할
수 없는 작품은 사람들 앞에 내놓을 수 없다. 내가 좋아하고 감동
할 수 있는 작품이 아니면 사람들의 마음을 움직이고 감동시키
는 것은 도저히 불가능하다. 최초이며 최고의 청중은 바로 나 자
신인 것이다. [★]

'Summer'를 잘 친다고 누가 알아주는 것도 아니고 인사
고과에 반영되는 것도 아닌데 야근한 날에도 꼬박꼬박 학
원에 들러 연습했다. 어느 정도 원곡을 칠 수 있게 되었으
니 사실상 올해의 '할 수 있어 프로젝트'를 완수한 거나 다
름없었지만 스스로 만족할 수 있을 때까지 연습을 멈추지
않았다. 내가 연주하는 'Summer'의 최초이자 최고의 청중
은 바로 나니까. 나에게 아쉬움을 남기고 싶지 않았다.

★ 히사이시 조, 「나는 매일 감동을 만나고 싶다」, 이선희 옮김, 샘터사, 2016.

S에게 사정이 생겨 12월 31일에 열릴 예정이던 우리의 공연은 1월 3일로 미루어졌다. 그해 S의 불가능은 제이슨 므라즈의 'I'm Yours'를 우쿨렐레로 연주하는 것이었다. S의 방에는 우쿨렐레가 장식품처럼 놓여 있었는데, 휴양지에서 조그마한 기타를 발견하고 귀여워서 집까지 데려온 것이었다. S는 우쿨렐레가 기타의 미니어처인 줄 알았단다. 나보다 심각한 사람은 처음 봤다. 어쨌거나 시간을 사흘 벌었다. 번 시간을 허투루 쓰지 않고 아이돌 연습생처럼 매일 학원에 들러 피아노 연습을 했다. 연습할수록 조급함이 사라지고 자책하는 일이 줄었다. 어느 밴드의 보컬이 했던 말처럼 연습이 자신감을 대신해주었다.

마감 하루 전날에는 나 혼자 리허설도 했다. 우리 둘이 연주할 연습실을 대여하면서 사비를 털어 똑같은 연습실을 전날 대여해 거기 있는 피아노로 최종 리허설을 했다. 줄곧 애먹인 열여덟째 마디부터 스물아홉째 마디의 박자가 빨라지지 않게 신경 써서 치며 처음부터 끝까지 여러 번 연주했다. 드디어 결전의 날. 피아노 앞에 바르게 앉아 왼손을 건반 위에 올렸다. 1년간 배우고 익힌 모든 것을 손가락으로 펼쳤다. 'Summer'가 나의 손가락에서 만들어지고 있었다. 마지막 음까지 실수 없이 연주를 끝냈을 때 유일한 관객인 S가 기립 박수를 쳤다. 우리만의 작은 공연은 끝이 났다. 그리고 나는 내가 좋아하는 곡 하나쯤은 피아노로 칠 수 있게 되었다.

서른두 살의 불가능

영어는 아무래도 힘들겠다

2006년 겨울, 방콕공항에서였다. 탑승구를 찾으려고 전광판을 확인하는데, 타야 할 항공편 숫자 옆에 'delayed'라는 글자가 깜빡이고 있었다. 저게 대체 무슨 뜻이지? 물어보고 싶어도 물어볼 문장을 영어로 만들 줄 몰라 발만 동동 굴렀다. 스마트폰이 존재하기 이전이라 검색 수단이 전무했고, 언어가 통하는 한국인을 찾으려 주변을 애타게 둘러봤지만 인도인만 보일 뿐이었다. 그도 그럴 것이 탑승할 비행기가 인도 국적기인데다 도착지가 델리였기 때문이다. 방콕에서 2박 3일 경유하고 인도로 건너가 한 달간 혼자 배낭여행을 하려고 처음으로 한국을 떠나왔는데, 모르는 영어 앞에서 주눅 들고 말았다.

항공권에 찍힌 출발 시각이 가까워졌다. 안내해줄 승무원은 나타나지 않고 줄을 서는 탑승객도 없었다. 마음이 쪼그라들 대로 쪼그라든 나는 지나가는 공항 직원을 아무나 붙잡고 나의 항공권을 손가락으로 가리키고 이어서 전광판에 쓰여 있는 delayed를 가리키며 "오케이? 오케이?"라고 물었다. 정말 하고 싶었던 말은 "여기 제 항공권에는 오후 7시 30분에 탑승하라고 적혀 있는데요, 지금 그 시각이 됐는데도 탑승구가 열리지 않네요. 설마 비행기가 떠난 건 아니죠? 연착되고 있는 거죠?"라는 반듯한 말이었는데….

다행히 "오케이? 오케이?"에 담긴 내 뜻을 알아챘는지 직원이 미소를 띠며 대답하기 시작했다. 아주 친절하게 영어로. 그러다 문득 내 표정을 보더니, 하나도 못 알아듣는다는 걸 깨달았는지 말을 멈추고 오른손을 쓰윽 들어 올려 비행기가 날아오르는 동작을 했다. 그러고는 짧게 덧붙였다. "오케이! 오케이!"

원하는 대답을 들었지만 불안이 가라앉지 않았다. 그가 내 질문을 제대로 이해한 건지 확신할 수 없어 불안했고, 내가 그의 대답을 제대로 이해한 건지 확신할 수 없어 불안했다. 잠깐 화장실 다녀온 사이에, 깜빡 조는 사이에 행여나 비행기를 놓칠까 봐, 탑승구 바로 앞에 죽치고 앉아서 와야 할 시간에 오지 않는 비행기를 여덟 시간 동안 초조

가능한 불가능

하게 기다렸다. 내가 한국 가면 진짜 영어 공부 하고 만다!
다짐하고 또 다짐하며.

중학교 1학년 1학기 때부터 영어를 포기했다. 그래서 스
물셋이 되도록 '딜레이'라는 단어의 뜻을 몰랐다. 하지만
그동안 영어 공부를 해보려는 시도를 전혀 하지 않은 건 아
니다. 대학을 휴학하고 지금이라도 다시 해보자는 마음으
로 중학교 영어 문제집을 샀다. 오후 4시쯤 서점 아르바이
트가 끝나면 도서관에 가서 be동사니 동명사니 하는 문법
공부를 하고, 모르는 단어를 여러 번 따라 쓰고, 그러고도
안 외워지는 단어는 수시로 들춰 보겠다며 수첩에 따로 적
어 가방에 넣고 다녔다. 나름 시간을 들여 공부했는데 뒤
돌아서면 밑 빠진 독처럼 남는 게 없었다. 단원 평가를 풀
면 절반 넘게 틀렸고, 분명 몇 분 전에 외운 단어인데도 뜻
을 가리고 스펠링만 보면 무슨 뜻인지 도무지 생각나지 않
았다. 너무나 보람 없는 시간이었다. 동기부여가 부족한가
싶어 『공부 9단 오기 10단』 같은 자기계발서도 읽어보고
문제집 탓인가 싶어 『베이직 그래머 인 유즈』 같은 스테디
셀러로 바꿔도 봤지만, 언제나 '현재완료'를 넘어서지 못

하고 지지부진하다가 얼마 안 가서 포기했다.

그나마 가장 끈기 있게 공부한 기간은 취업 준비를 하던 두 달이었다. 종로어학원에서 소문난 토익 강사의 수업을 등록하고 이번에는 기필코 잘해보겠다는 의지로 맨 앞자리에 앉았다. "토익은 기술이다"라고 말한 어느 토익 인강의 광고 카피처럼 영어가 아니라 기술을 배우는 시간이었다. 문장의 뜻을 모르더라도 빈칸의 위치를 보고 여기는 형용사 자리니까 형용사처럼 생긴 단어를 고르고, 여기는 부사 자리니까 부사처럼 생긴 단어를 고르는 방법을 배웠다. 시험에 자주 나오는 숙어를 외우고 출제 빈도가 높은 문제 유형을 반복해서 풀었다. 그렇게 기술을 익혀 끌어올린 최대치 점수가 990점 만점에 680점이었다. 당시 가고 싶었던 광고회사의 아트디렉터 직군(그때까진 아트디렉터가 되려고 했다) 토익 커트라인은 730점이었다. 50점이 모자랐다. 찍어서 한두 문제 더 맞는 거로는 메울 수 없는 점수 차였기에 1차 서류 지원을 포기해야 했다.

살면서 영어 쓸 일이 얼마나 될까. 외국 여행 가서 음식 주문할 때 몇 초? 한국으로 여행 온 외국인이 길을 물어볼 때 몇 초? 나의 첫 번째 직장과 두 번째 직장은 (무려!) 외국계 광고회사였지만, 담당 업무가 해외 부문이 아니라면 영어로 일할 일은 없었다. 간혹 크라이슬러나 HP, 에어비앤비 등 글로벌 브랜드를 맡기도 했지만, 한국 현지에 맞는 광고를 만들기 때문에 내가 잘하고 좋아하는 언어로 카피를 썼다. 한글을 찰흙 덩어리처럼 떼어다가 빚고 다듬고 깎아내고, 원하는 대로 나오지 않으면 다시 뭉개고 처음부터 빚고 다듬으며 15초 카피를 완성했다. 때로는 날카롭게, 때로는 귀엽게, 때로는 웃기게, 때로는 멋있게 만들기 위해 방망이 깎는 노인처럼 정성을 다했다. 그에 대한 보답으로 가장 높은 인사고과를 받았고 첫 진급도 1년 빨리 했다. 그런데도 영어 앞에서는 습관처럼 주눅이 들었다.

우리말과 우리말 사이에 끼어든 영어는 쉬운 문장마저 아리송하게 만들었다. 브랜드와 소비자를 인게이지engage 하는 게 목표라는데 인게이지는 무슨 뜻일까. 매니페스토manifesto를 써야 한다는데 그건 또 무슨 뜻일까. 인티그레이티드 크리에이티브integrated creative를 진행해야 한다는데 대관절 인티그레이티드는 무슨…. 물어보면 없어 보일까 봐 적당히 고개를 끄덕이며 알아듣는 척하다가 회의가 끝나면 인터넷에 뜻을 검색해보곤 했다. 영어 발음이 좋은 사람을 치켜세우는 분위기 속에서 나는 이유 없이 작아졌고, 회의 중에 자막 없는 외국 광고를 다 같이 보게 되면 다른 사람들 웃을 때 따라 웃고 놀랄 때 따라 놀랐다. 방금 말한 영어 단어는 무슨 뜻이에요? 그 영상은 무슨 내용이었어요? 우리말로 해주실래요? 제가 영어를 못해서요, 라는 말을 꺼내는 게 그때는 왜 그리 부끄러웠던 걸까.

2015년 2월 2일 저녁, 광화문 영국문화원에 레벨 테스트를 받으러 갔다. 올해는 영어를 배우겠다고 S에게 말하고서 여기까지 왔는데, 레벨 테스트가 두려워 차마 안으로 들어가지 못하고 주변을 맴돌았다. 지금까지 외국인과 단둘이 대화해본 적도 없을뿐더러 주고받은 말이라 해봤자 스치듯 내뱉은 하이, 헬로, 아임 파인 땡큐가 다였는데 원어민 선생님과 일대일 말하기 테스트라니. 그것도 10분씩이나. 가슴이 울렁거렸다.

그냥 집으로 가자. 그럼 테스트 비용으로 지불한 만 원은? 치킨 사 먹은 셈 치지 뭐. 오늘은 피한다 쳐도 다음은 어떡하려고? 그건 그때 가서 생각하지 뭐. 괜히 괴로움만 연장되는 거잖아? 지금 당장 괴롭지 않으면 됐지. 그렇게 도망가면 정말 편하겠니?

집에 가자고 보채는 마음을 어르고 달래며 유리문을 열고 들어갔다. 안내 데스크에 예약한 이름을 말하고 차례를 기다렸다. 막 수업을 마친 사람들이 교실을 나가면서 내일 보자고 영어로 인사하는 소리가 들렸다. 자연스러워 보이는 그들을 부러운 눈으로 바라봤다. 곧 나를 호명하는 소리가 들렸다. 아직 마음의 준비가 되지 않았는데 어쩌지. 교무실에 혼나러 가는 학생처럼 잔뜩 풀이 죽은 채 상담실로 들어갔다.

"Good evening. How are you?"

할 줄 아는 대답이 하나뿐이라 전혀 괜찮지 않은데 "아임 파인"하다고 말했다. 그게 처음이자 마지막 대답이었다. 이후로는 아무 말도 알아듣지 못해 아무 말도 하지 못했다. 시종일관 어쩔 줄 몰라 하며 "음…", "아…", "음…", "아…" 옹알이만 해댔다. 봉숭아물을 들인 것처럼 얼굴이 발개지는 게 느껴졌다. 그걸 의식하는 순간, 속수무책으로 빨개지는 얼굴에서 쿵쾅쿵쾅 심장박동까지 느껴졌다. 선생님도 곤욕스러웠는지 정해진 10분을 채우지 않고 테스트를 끝냈다. 결과는 예상대로. 아홉 단계 중 맨 앞자리에 있는 생초보starter 레벨. 서른두 살이라는 완숙한 나이와 어울리지 않는 성적표가 창피해 얼른 수강료를 계산하고 밖으로 나갔다. 찬 바람에 발간 얼굴을 식히며 마음이 진정될 때까지 걷다가 집으로 돌아갔다.

다음 날 저녁 7시, 첫 수업에 들어가려는데 상반된 감정이 일었다. 긴장되면서도 편안하달까. 아무렴 어제보다야 망신스러울 일은 없을 것이고, 보름 내로 그만두면 수강료 일부를 환불받을 수 있다니까 안심이었다. 무엇보다 다른 수강생과 함께일 테니 혼자 쩔쩔매지 않아도 된다는 사실이 가장 크게 위안이 되었다. 도착한 교실에 앉아 있는 수강생들은 서둘러 퇴근하고 온 듯한 삼사십대부터 학생 같아 보이기도 하고 신입사원 같아 보이기도 하는 이십대까지 다양했다. 책상을 앞뒤로 붙여 네 명씩 마주 보도록 만든 자리에 앉아 서로 어색하게 묵례하고 선생님이 오길 기다렸다. 잠시 후, 문이 열리고 금발 머리를 뒤로 질끈 묶은 외국인이 들어왔다.

가만히 있으면 무척 차가워 보이는 그가 입을 열자 커다랗고 익살스러운 표정이 나왔다. 학생들의 긴장을 누그러트리는 그만의 방법인 듯했다. 레몬을 먹은 듯한 표정

가능한 불가능

을 지으며 '시다sour'는 단어를 발음하고, 배를 쥐고 아파하는 동작을 하며 '배가 아파요I have a stomachache'를 가르치는 식이었다. 그가 말하는 영어를 온전히 이해하지 못해도 곁들이는 동작을 통해 문맥을 이해할 수 있었다. 이해할 수 있다는 게 신기해서 열심히 집중했다. 가장 영어를 못하는 사람들만 모아놓은 생초보반에 처음 배정되었을 땐, 왠지 열등반에 들어가는 기분이라 속상했다. 그런데 하루하루 출석할수록 우리 반에 들어오길 정말 잘했다고 생각했다. 다들 어지간히 못하니까 서로서로 창피하지 않았고, 중급반이었다면 '저는 지하철을 타고 회사에 갑니다'를 영어로 말한들 칭찬받겠냐마는, 우리는 툭하면 받았다. 엉터리로 발음해도 잘했어요, 문법을 틀리게 말해도 잘했어요, 칭찬받았다. Work와 Walk 발음이 헷갈린다고 물어본 날에는 아주 좋은 질문을 했다며 또 칭찬받았다. 우리의 대화는 최저 사양 컴퓨터처럼 버벅거림이 심했지만, 누구라도 문장만 끝내면 "영어 잘하시네요~" 하며 서로를 치켜세웠다. 영어 때문에 혼나만 봤지 잘했다는 말을 들어본 적 없던 나는 얼떨떨했다. 틀려도, 못해도, 발음이 이상해도 창피한 일이 아니구나 느끼는 순간, 서른두 살이라는 나이와 광고회사 차장이라는 직급을 벗어버리고 영어를 처음 배우는 사람다워졌다.

　그해 나는 대리에서 차장으로 진급했다. 명함에 찍힌 직급은 변했지만 작년부터 시작된 무력감은 그대로였다. 좋은 광고를 만들고 싶었다. 그래서 새 프로젝트가 시작되면 마음에 드는 아이디어가 나올 때까지 회사-집 가리지 않고 일했다. 퇴근해서도 멈추지 않는 아이데이션은 꿈속에서도 계속되고 다음 날 아침 양치할 때도 계속돼 칫솔에 클렌징 크림을 짜는 진부한 드라마 장면이 실제로 벌어졌다. 그렇게 해서 나온 아이디어가 회의를 거듭하고 여러 사람의 의견을 반영하고 수정을 반복하다 보면 해지고 바래고 구겨져 형체를 알아볼 수 없게 되었다. 그 과정을 지켜보기 괴로웠다. 애정을 담아 카피를 쓰면 상처만 커지므로 마음을 비우고 쓰려 노력했고, 내가 만들었다고 말하고 싶지 않은 광고가 텔레비전을 켜면 나왔다. 하는 일에 보람을 느낄 수 없어 고단했다.

　매일 아침 출근하기 싫어서 미적거리는 시간이 길어졌다. 그날도 출근하려고 집을 나섰는데 도저히 발이 떨어지지 않아 당일 휴가를 냈다. 지하철역으로 향하던 발걸음을 돌려 근처 인왕산을 산책하고 광화문 씨네큐브에 가서 상영 시간이 가장 빠른 영화를 예매했다. 절망에 빠진 여주인공이 배낭 하나 메고 미국 서부 4285킬로미터를 걸어서 종주하는 이야기였다. 단지 시간대가 맞아서 고른 것뿐인데, 좋은 에너지를 받고 나왔다. 어느새 거리는 점심 먹으러 나온 직장인들로 북적였다. 나는 식당 대신 종로1가를 향해 힘차게 나아갔다.

알라딘 중고서점에 들러 살 만한 책이 있나 구경하고 인사동으로 건너가 이것저것 군것질했다. 경복궁 방향으로 천천히 걷다가 초밥도 사 먹고 그 길로 서촌에 있는 집까지 걸어갔다. 막 들어와서 벽시계를 보니 오후 6시. 출근했다면 퇴근하고 영어학원에 갈 시간이었다. 딱 30분만 누웠다 가려고 양말과 점퍼를 벗고 방바닥에 등을 댔다. 걸을 때는 몰랐던 피로가 한꺼번에 몰려왔다. 잠깐 눈만 감았다 떴는데 30분이 흘렀다. 눈을 도로 감고 생각했다. 온종일 걸어서 너무 피곤하다는 생각. 하루쯤 빠진다고 뒤처지지 않는다는 생각. 요즘 힘드니까 쉬는 김에 푹 쉬자는 생각. 회사 일이 바빴던 지난달에는 결석하지 않으려고 매일 회사 노트북을 들고라도 갔는데 지금은 누워서 결석할 생각만 하네, 라는 생각.

　이러고 있으면 몸은 편해도 머지않아 마음이 불편해지리라는 걸 알았다. 수업이 시작되는 저녁 7시가 되면 자책 모드로 변할 게 뻔했다. 회사도 안 갔는데 학원까지 안 갔냐며, 왜 그때 일어나지 못했냐며, 왜 맨날 그러냐며. 익숙한 후회를 반복하기 싫어서, 귀찮아하는 몸을 억지로 일으켜 세웠다. 벗어둔 양말을 신기고 점퍼를 입히고 매일 아침 출근할 때처럼 등을 떠밀었다. 무겁게 한 발짝을 떼었다. 현관문을 열었다. 층계를 내려갔다. 집을 벗어났다. 밤공기가 얼굴에 닿았다. 누워 있을 때는 꼼짝하기 싫었는데 막상 밖으로 나오자 기분이 말도 안 되게 좋았다. '가기 싫어하는 나를 이겨냈다.' 이게 뭐라고, 기뻤다. 조금 전까지 피곤하다고 징징댔던 걸 까맣게 잊어버리고 걸어가는 내내 나오길 잘했다, 정말 잘했다 생각했다. 고생한 경쟁 피티에서 이겼다는 소식을 들은 순간처럼 해냈다는 기쁨이 온몸에 넘쳤다. 이게 뭐라고. 이게 뭐라고. 이게 뭐라고.

　쉽게 해낼 수 있는 사람은 아무도 없습니다. 형사들이 현장에서는 훈련 잘 받은 모습으로 보이겠지만, 다들 개인으로 돌아가면 사건의 압박에서 벗어나고 싶어 해요. 누군가는 형사를 그만 둘 생각을 하며, 누군가는 가족과 시간을 보내려 하고, 누군가는 어딘가에 숨어서 울고 있습니다. 능력은 시체와는 아무 상관없어요. (…) 무슨 일이 있건 다음 날 아침 9시에 출근하는 게 능력입니다.

– 영국 드라마 〈화이트채플〉 대사 중에서★

가기 싫은 마음을 이겨내고 매일 아침 9시에 출근한다. 쉬고 싶은 마음을 이겨내고 저녁 7시 영어 수업에 출석한다. 그것을 해내는 능력이 내게 있다. 그날 밤 수업을 마치고 돌아와 일기를 썼다. 출근하려고 집을 나섰는데 도저히 발이 떨어지지 않아 당일 휴가를 냈다고 시작하는 일기는 그날 하루를 쭉 훑은 다음 이렇게 끝맺음한다.

– 보람 없는 하루는 없다. 모든 하루에는 배움과 기쁨이 있다.

그리고 다음 날 아침 9시, 나는 여느 때처럼 출근했다.

★ 이시은, 『오랜 시간, 다정한 문장』, 위즈덤하우스, 2018.

봄에서 여름이 되었다. 스웨터에서 티셔츠로 옷차림이 바뀌었고, 나는 생초보반에서 초급반으로 이동했다. 학원에 다녀서 좋은 점 하나는 다양한 사람을 만날 수 있다는 것. 사회생활을 하고부터는 만나는 사람이 대부분 업계 사람들인지라 광고계 돌아가는 이야기가 대화의 중심이었다. 어느 광고회사는 보너스가 얼마 나왔고 어느 광고회사는 연봉이 얼마 올랐다더라. 어떤 카피라이터는 프리랜서로 전향했고 어떤 아트디렉터는 스타트업으로 이직했다더라. 배우 아무개와 광고 촬영을 했는데 너무 힘들었다더라. 그 아무개는 아이돌 아무개에 비하면 양반이라더라. 광고주가 카피 수정을 수십 차례 시키고서 프로젝트를 무산시켰다더라. 그 프로젝트를 담당한 카피라이터가 나였다더라.

교실에서 오가는 대화는 별사탕 같았다. 작고 귀여웠다. 제과회사에 다니는 아저씨는 초등학생 딸과 같은 학원에 다녔다. 아저씨는 위층, 딸은 아래층. 하루는 아저씨가 내 맞은편에 털썩 앉으며 딸이 영어 숙제를 안 한다고 넋두리했다. 학원비가 얼만데 왜 그러는지 원, 오는 길에 따끔하게 혼냈단다. 아저씨 옆자리에 앉은 K 언니가 불쑥 물었다.

"패트릭(아저씨의 영어 이름)은 오늘 숙제 해 왔어요?" 아저씨 눈이 동그래지더니 머쓱한 웃음을 지었다. "누가 누굴 혼내요!" 언니의 일침에 셋이서 한바탕 웃었다. "저도 숙제 안 했어요. 혼내주세요." 나는 알아서 자수했다.

숙제라고 해봐야 하루 한 쪽, 정 시간이 없으면 한 문단이라도 책 읽고 줄거리 쓰기였다. 학원 자료실에는 아홉 레벨로 분류한 손바닥만 한 영어책이 많았고 '영국'문화원이 아니랄까 봐 탐정류의 스릴러소설이 특히 많았다. 초급반 중급반 할 것 없이 수업이 시작되면 선생님은 어제 읽은 책에 관해 10분간 옆 사람과 얘기하도록 했다. 번번이 책을 읽지 않은 나는 상대방 얘기에 적당히 고개를 끄덕이며 수동적으로 그 시간을 흘려보냈다. 따로 숙제 검사를 하지 않던 선생님이 하루는 다가와 왜 책을 읽지 않았느냐고 물었다. 딱히 둘러댈 말이 없어 쑥스러운 표정으로 "I'm sorry"라고 했다. 상냥한 선생님이 이번에도 웃으며 넘어갈 줄 알았는데, 단호한 목소리가 돌아왔다. "나한테 미안할 게 아니라 자신한테 미안해야죠. 중급반으로 안 올라갈 거예요?" 번쩍 정신이 들었다. 지금 나는, 누굴 위해서가 아니라 나를 위해서 공부하고 있다. 누가 시켜서가 아니라 내가 원해서 하고 있다. 그러니까 어리광은 여기까지. 퇴근길에 보던 스마트폰을 가방에 넣고 영어책을 꺼내 보기 시작했다.

K 언니는 숙제를 잘해 왔다. 수업을 빠지는 날도 없었다. 말과 말 사이에 쉼표가 없는 거로 보아 성격이 급하고, 급한 성격만큼 일 처리도 빠르고 야무질 게 분명했다. 옆자리에 며칠 연달아 앉은 인연을 계기로 핸드폰 번호를 교환하고, 지각하면 지각한다 결석하면 결석한다 알려주는 사이가 되었다. 평소엔 "언니~", "은혜 씨~" 하며 서로 깍듯이 존댓말하다가 수업만 시작되면 "너~You" 하면서 친근한 반말체가 되는 영어가 좋았고 대리님이나 차장님 같은 직급 대신에 온전히 이름으로만 불리는 것도 좋았다. 돌려 말할 실력이 되지 않아 단도직입적으로 오가는 화법도 마음에 들었다. 영어가 늘지 않아 지치려는 기색이 돌면 레벨 테스트를 받았던 때를 끄집어내 우리가 얼마나 발전했는지 서로 상기시켜주었고, 좋은 영어 콘텐츠를 발견하면 재빨리 공유했다. 계획한 1년이 지나 내가 학원을 그만둘 때도 언니는 계속 다녔다. 이듬해 같은 반 수강생들이 하나둘 그만둘 때도 계속 다녔다. 초급에서 시작한 언니가

원어민급이라 불리는 마지막 레벨까지 진급한 건 당연한 결과일지 모른다.

학원 수업은 일주일에 네 번, 90분씩이었다. 보통 3개월 이면 자동적으로 다음 레벨로 올라가고, 정말 잘한다 싶으면 선생님 재량으로 한두 달 만에도 진급할 수 있(다는 말은 들었지만 보지는 못했)다. 공부하라고 밀어붙이면 또다시 영어를 싫어하게 될까 봐 학원 밖을 나서면 영어책 반 쪽을 읽는 거 빼고는 그냥 내버려두었는데, 나이가 들어서인지 아니면 수우미양가로 평가받거나 합격 불합격을 결정짓는 영어가 아니라서 그런지 공부하는 게 썩 싫지 않았다. 솔직히 재미있었다. 공부하는 모양새가 묘하게 덕질을 닮아갔다. 틈만 나면 유튜브에 'English study'를 입력해 새로 올라오는 콘텐츠를 보고 또 보고, '좋아요'를 누르고 또 누르고. 우리말로는 '~해야 한다'로만 투박하게 해석되는 'should'와 'have to', 'be supposed to'의 뉘앙스 차이를 설명해주는 영상에는 '좋아요'를 한 번밖에 누를 수 없어 안타까웠다. 유튜브 알고리즘이 추천해주는 영상이 〈쇼미더머니〉에서 영어 콘텐츠로 빠르게 바뀌었다.

샤워할 때 틀어놓는 음원도 가요에서 영어 팟캐스트로

바뀌었다. 순위가 높길래 궁금해서 들어본 〈일빵빵 스토리가 있는 영어회화〉는 일상의 배경음악이 되었다. 씻으면서 듣고 머리 말리면서 듣고 화장하면서 듣고 출근하면서 듣고 일할 땐 잠시 꺼두었다가 퇴근하면서 이어 들었다. 미국 드라마 〈프렌즈〉 대본으로 생활영어 표현을 익히는 방식이었는데, 조이의 대사 "I want to kill myself"에서 want to를 원어민은 '원트 투'가 아니라 '워나wanna'로 발음한다든가, 모니카의 대사 "There's going to be a fifth date?"에서 'going to'를 '거나gonna'로 발음한다든가, 대화할 때 "Look" 하고서 다음 문장을 말하는 경우에는 "봐라"는 명령조가 아니라 말문을 여는 "있잖아" 정도의 추임새라는 걸 알게 되었다. 그래 봐야 살고 있는 곳이 한국이라 당장 써먹을 상황도 아니었지만 무언가를 차곡차곡 알아간다는 게 그저 재미있어서, 갈증이 나면 "아이 워나 드링크 워러", 배가 고프면 "아임 거나 해브 디너"라고 혼잣말했다.

다녔던 회사가 모두 외국계라서 그런지 어학 교육을 지원하는 복지가 있었다. 첫 번째 회사는 인근 영어학원과 제휴해 수강료를 대신 내주었다. 단, 출석률이 70퍼센트 미만이면 전액 개인 부담이었다. 입사한 첫해, 근사한 커리어우먼으로 성장하고 싶어서 오전 7시 30분 수업을 신청한 적이 있다. 레벨 테스트 없이 수강생이 원하는 반을 선택했고, 나는 한국인 선생님이 가르치는 기초반에 들어갔다. 이렇게 표현해서 죄송하지만, 담당 선생님은 마치 은퇴한 교장 선생님 같았다. 모두가 일렬로 칠판을 향해 앉아서 선생님이 판서하면 교재에 받아 적고, 다 같이 따라 해보라 하면 따라 하고, 우리말로 영어 문법을 오래 설명했다. 가뜩이나 영어가 힘든데 수업 분위기까지 무겁고 불편해서 이틀만 나가고 결석했다. 수강료 전액을 본인 부담한 뒤로는 학원에 얼씬도 하지 않았다.

두 번째 회사는 영어 선생님이 사무실로 출근했다. 원하는 직원은 누구나 매주 두 번, 30분씩 일대일 수업을 받을 수 있었다. 학원까지 갈 필요도 없고 토해낼 수강료도 없고 게다가 일대일 수업이고. 지금 생각해도 너무 좋은 복지지만 당시에는 수업받을 생각을 못 했다. 아니 안 했다. 같은 언어를 쓰는 한국인과도 친하지 않으면 할 말이 없어 어색해지기 일쑤인데, 인사말밖에 못 하는 영어 수준으로 처음 보는 선생님과 무슨 대화를 한단 말인가. 더더욱 싫은 건, 수업 공간이 회의실과 회의실 사이에 끼어 있는 회의실이라는 것. 엄청나게 못하는 나의 영어를 어쩌다 회사 사람이 들으면 어떡하나. 하지만 오래 살고 볼 일이었다. 영국문화원을 다니면서 영어를 못해도 틀려도 발음이 이상해도 창피한 일이 아니라는 마음가짐을 갖게 되자, 뭐라도 더 배우고 싶어 내 발로 일대일 수업에 걸어 들어갔다.

외국 기사를 읽고 얘기하는 건 난이도가 높고, 프리 토킹은 더욱 높아서, 미국인이 많이 쓰는 영어 패턴 500개를 추린 책으로 공부하기로 했다. 수업 방식은 무척 단순했다. 일단 내가 책에 있는 영어 패턴을 외워 온다. 그러면 선생님이 외워 온 문장을 확인한다. 선생님이 우리말로 "점점 추워져"라고 말하면 나는 "I'm getting cold"라고 답하고, 선생님이 "점점 나아지고 있어"라고 말하면 나는 "I'm getting better"라고 말한다. 외우고 확인받는 아주 간단한 수업이라 누구든지 부담 없이 할 수 있었다. 교재인 파란 책을 들고 일주일에 두 번씩 수업 받으러 가는 나를 보고 옆자리 선배도 파란 책을 주문해 수업을 듣기 시작했다. 그런 우리를 보고 건너편 자리에 앉은 후배도 서랍에 방치해둔 파란 책을 꺼내 들고 다시 수업을 듣기 시작했다. 그런데 파란 책 한 권을 처음부터 끝까지 외운 사람은 나뿐이

가능한 불가능

었다.

　일이 바빠서, 오늘은 도저히 시간이 안 나서, 수업을 빠져도 수강료는 무료니까, 다음 주부터 열심히 가면 되니까, 간단한 영어 문장이라 마음만 먹으면 금세 외우니까. 하루 이틀 미루고 일주일을 미루고 한 달을 미루다 보면 어느새 파란 책은 서랍 아래 칸으로 들어가 있다. 나 역시 업무가 몰려 바쁠 때는 수업을 빠졌지만, 가방에는 언제라도 보기 편하게 챕터별로 분권한 파란 책이 들어 있었다. 영어 패턴 500개를 외우면 영어를 잘하게 될까? 해보니까 아니었다. 하지만 영어책 한 권을 첫 장부터 마지막 장까지 끝내는 과정에서 단순 암기 이상의 것을 얻었다. 바로 습관이었다. 습관은 영어 공부를 계속하게 만드는 힘이 되었다.

　나에게는 고치지 못할 두 가지 지병이 있었다. 영어 울렁증과 외국인 공포증. 직장이 위치한 가로수길은 외국 관광객의 핫플레이스라는 점에서 안전지대가 아니었다. 그렇다면 눈치껏 피하는 수밖에. 지도를 펼치고 두리번거리는 외국인이 보이면 후다닥 반대편으로 건너가고, 건너편에서 외국인이 다가오면 재빨리 눈길을 피했다. 한번은 점심시간에 주변을 산책하는데 누군가가 나를 향해 다급히 "익스큐즈 미" 했다. 핸드폰 화면을 검지로 가리키는 거로 봐서 거기를 어떻게 가냐고 물어보려는 것 같았지만, 얘기를 듣기도 전에 나는 손사래 치며 "아… 아…!" 하면서 줄행랑을 놓았다. 누가 한국인을 친절하다 했던가.

준중급 레벨Pre-intermediate로 올라가고 파란 책도 절반쯤 뗐을 무렵, 사춘기를 맞이한 청소년처럼 성격 변화가 나타났다. 어디 외국인이 없나, 누가 말 좀 안 거나 가로수길을 기웃거렸다. 경험을 표현하는 현재완료라든가, 짝꿍과 번갈아가며 연습한 "직진하다가 두 번째 모퉁이에서 오른쪽으로 꺾으세요"라든가, 계획을 말할 때 쓰는 "~할 거예요" 패턴이라든가, 교실에서 배운 영어를 현실에서 써보고 싶어졌다. 알아듣기 쉽게 또박또박 발음해주는 선생님과 떠듬떠듬 말해도 인내심 있게 들어주는 급우들 없는 세상에서도 나의 영어가 통할지 궁금했다. 나답지 않은 호기심이었다. 그러던 어느 출근길, 신사역 8번 출구 앞에서 누군가 말을 걸어왔다. '일리illy'라는 카페를 찾는 프랑스인이었다.

"일리요? 우리 회사랑 그 카페랑 같은 건물에 있어요.

저를 따라오세요.”

"감사합니다.”

"한국에 여행 오셨어요?

"네, 한 달 정도 됐어요.”

"지금까지 어디를 여행했어요?”

"부산이랑 전주, 그리고 서울요.”

"전주 좋죠?”

"네, 좋더라고요.”

Where have you traveled in Korea so far? 지금까지 어디를 여행했냐고 내가 묻는다. 현재완료를 쓰고 있다. 상대방 눈을 바라보며 말한다. 도망치지 않는다.

0.5배속의 느린 대화였다. 그래서 카페까지 걸어가는 5분 남짓 동안 많은 대화를 나누지 못했다. 하지만 그 5분이 6년이 지난 오늘까지도 소중한 자신감으로 남아 있다. 나의 영어는 유려하지 못하다. 말하고 싶은 우리말을 머릿속에서 영어로 바꾼 다음 말하기 때문에 버퍼링이 심하다. 아는 단어인데 막상 쓰려고 하면 간질간질 생각나지 않아서 하고 싶은 말을 제대로 전달하지 못한다. R을 L로 발음하는 실수를 좀처럼 고치지 못하고 번데기 발음은 여전히 쑥스럽다.

한국식 억양이 강하고 악센트는 어디에 줘야 할지 몰라 자꾸 헤맨다. 그럼에도 불구하고 나는 내가 뱉는 한 문장 한 문장이 시멘트 보도블록 틈새를 뚫고 나온 새싹처럼 대견하다.

2015년 마지막 날, S를 만났다. 내 손에는 얼마 전 다시 진단받은 레벨 테스트 결과지가 들려 있었다. 아홉 단계에서 맨 앞자리를 차지했던 표시가 중간 자리로 옮겨 갔다. S의 손에는 KBS 방송아카데미 수료증과 직접 쓴 시나리오 한 부가 들려 있었다. 연말이 되면 늘 입에 달고 살던 "1년 진짜 짧다"는 말을 하지 않은 우리였다.

영어학원에 등록할 때 나의 목표는 '자막 없이 미국 드라마 보기' 같은 구체적이고 대단한 것이 아니었다. '1년간 영어 배우기'라는 두루뭉술하고 벙벙한 목표를 가지고 학원에 갔다. 평생 영어를 두려워하던 내가 할 수 있는 일이란 그저 한 치 앞만 보며 나아가는 일. 레벨 테스트를 피하지 않고, 학원 가기 싫은 마음을 이겨내고, 말할 수 있는 문장을 조금씩 늘려가고, 반 쪽씩 책을 읽고, 첫 번째 교재를 떼고, 두 번째 교재를 떼고, 세 번째 교재를 떼고, 틀리고

가능한 불가능

실수하며 앞으로 나아갔다. 하루하루 숨차지 않은 속도로, 보잘것없는 성과에 보람을 느끼며. 그렇게 하루가 이틀이 되고, 이틀이 일주일이 되고, 일주일이 한 달이 되고 한 달이 1년이 된 사이, 머리카락이 자라듯 자연스럽게 새로운 꿈이 자랐다. 외국에서 살아보고 싶다는 꿈.

그로부터 2년 뒤, 나는 회사를 그만두고 하와이에서 그 꿈을 이루었다.

못하면
못하는
대로

현재 나는 토익 점수 50점이 모자라서 공채를 포기했던 그 광고회사에 다니고 있다. 뒤에서 얘기하겠지만 2017년에 퇴사하고 하와이에서 반년, 중남미에서 한 달, 한국에서 8개월 자체 안식년을 보낸 후 입사했다. 참고로 경력직 채용은 토익 점수를 보지 않는다(웃음). 예전이나 지금이나 내게는 영어를 잘해서 글로벌 부서에서 일하고 싶다거나 해외 광고회사에 취업하고 싶다는 포부가 없다. 우리말로 쓰는 카피를 좋아하고, 좋아하면 잘하기 마련이리라 믿는다. 이전 직장과 마찬가지로 국내 광고를 담당하는 지금,

영어로 일할 일은 거의 없다. 가끔 글로벌 프로젝트를 맡기도 하지만, 번역가라는 좋은 대안이 있다.

그럼에도 불구하고 영어 공부를 한다. 공부라는 말에서 느껴지는 '열심'은 없는 편이라 취미라고 말하는 게 아무래도 맞겠지 싶다. 마음가짐도 요가나 피아노를 배울 때와 별반 다르지 않다. 자꾸 실수하는 세 번째 마디를 제대로 치고 싶다는 욕심은 있지만, 그렇다고 콩쿠르에 나가고 싶을 만큼은 아니다. 치열한 자세로 임하는 건 회사 일만으로 족하다.

출퇴근길에 종종 영어 원서를 읽는다. 갱지에 인쇄된 원서들은 한글 번역서보다 얇고 가벼워 들고 다니며 읽기 편하다. 말하기 속도만큼이나 읽기 속도가 느려 완독한 책이라 해봐야 1년에 다섯 권이 채 안 되지만, 느림보 독서에도 커다란 기쁨을 느낀다. 우리 집에는 오래전에 사놓고 읽지 않은 외국 서적이 몇 권 있었다. 서점에서 할인하길래 얼른 집으로 데려온 『모리와 함께한 화요일』과 『어린 왕자』였다. 한글 번역서로 읽어봤던 터라 어찌어찌 읽을 수 있겠지 싶었는데 책을 펼치자 모르는 단어가 은하수처럼 쏟아졌다. 한 문장 읽고 사전 찾고 한 문장 읽고 사전 찾고 한 문장 읽고 사전 찾는 모습이 영락없는 수능 영어를 독해하는 수험생이었다. 재미도 없고 진전도 없고 왜 이걸 읽고 있는지 알 수도 없고. 그런 연유로 모리와 어린 왕자는 나란히 책장 구석으로 거처를 옮겼다. 대학생이던 내가 직장인이 되고, 퇴사하고 하와이에 갔다가 돌아와서 다시 직장인이 될 때까지 그들은 구석에 머물러 있었다.

새 직장에 다니고 얼마 지나지 않아 출근길에 뭘 읽을까 하다가 지금쯤이면 읽을 수 있으려나 싶어 『모리와 함께한 화요일』을 꺼내 들었다. 회사까지 가는 동안 한 페이지를 넘기고 두 페이지를 넘기고 세 페이지를 넘겼다. 초등학교 모교를 방문했을 때처럼 기분이 이상했다. 운동장과 구령대, 정글짐, 구름사다리 모든 게 기억하던 그대로인데, 모든 게 작고 좁고 나지막해 보여 묘한 기분. 10여 년 전에는 도통 다음 장으로 넘어가질 않았던 책이 비교적 무리 없이 넘어가고 모르는 단어를 건너뛰어도 문맥이 끊어지지 않아 기쁘면서도 이상했다. 다른 나라 언어인데도 모리 아저씨 유머에 웃음이 나고 가르침에 고개가 끄덕여지고 그의 아픔에 공감했다. 길들여진다는 게 무엇인지 가르쳐달라는 어린 왕자에게 여우가 했던 말 "네가 오후 4시에 온다면 난 3시부터 설렐 거야. 4시에 가까워질수록 점점 더 행복해지겠지. 4시가 되면 난 가슴이 두근거려서 안절부절못하고 걱정을 할 거야. 행복의 대가를 알게 되겠지"를 생텍쥐페리의 진짜 언어로 읽는 순간은 매우 특별하게 다가왔다.

반대로 영어로 번역된 책을 읽기도 한다. 하와이에 있을 땐 영어 버전의 일본 만화책을 즐겨 읽었다. 와이키키 도서관과 주립도서관에는 번역판 일본 만화책이 많아서 동네 만화방처럼 들락거렸다. 하도 만화책을 빌리니까 어느 날에는 도서관 사서가 다가와 신간 만화책이 막 들어왔으니 얼른 빌려 가라고 귀띔해주기도 했다. 『슬램덩크』 완전판도 그때 다시 읽었는데, 영어로 옮겨진 문장 안에서도 윤대협은 여전히 멋있고 강백호는 너무 웃기고 마지막 경기는 심장이 떨렸다. "왼손은 거들 뿐"이라는 명대사가 어떻게 번역됐는지 발견하는 재미도 컸다. 참고로 영어로는 "The left hand stays relaxed…". 한글보다 말맛이 떨어지는 느낌적인 느낌. 지금은 번역판 만화책을 빌릴 곳이 없어서 온라인으로 웹툰을 본다. 라인 웹툰 사이트*에 들어가면 영어로 번역해놓은 웹툰이 가득하다. 〈I Love You〉, 〈ORANGE MARMALAD오렌지 마말레이드〉, 〈Yumi's Cells 유미의 세포들〉도 그곳에서 읽었고 최근엔 〈True Beauty여신강림〉를 보고 있는데, 우리말로 볼 때와 달리 온종일 웹툰만 보고 있어도 죄책감이 들지 않아 좋고, 덤으로 영어 표현을 익힐 수 있어 좋다.

이중 언어 구사자, 4개 국어 구사자, 많게는 6개 국어를 하는 대학생을 만난 적이 있다. 하와이대학교에서 여는 언어교환 모임에서였다. 그들 틈에서 모국어 말고는 제대로 할 줄 아는 외국어가 없어 스스로 부족하다 느끼던 중 이런 저런 얘기를 하다가 그들 언어의 공통점을 발견했다. 대부분 혈연과 연결되어 있다는 것. 일본어+영어 구사자는 부모님 한 분이 일본계 미국인이고, 4개 국어를 하는 친구는

★ https://www.webtoons.com/en/

가능한 불가능

한국계 미국인 할아버지와 일본인 어머니를 두었고 페루에서 유년기를 보냈다. 6개 국어 구사자도 마찬가지였다. 이민 1세대 할머니 할아버지와 국제결혼을 한 부모님 밑에서 자란다 해도 제2외국어를 잘하기 쉽지 않다는 걸 안다. 하물며 아무런 혈연관계 없는 언어를 배우고 말한다는 건 얼마나 대단한 일인지. 그걸 깨달은 후부터는 나의 영어가 부족하게 느껴지지 않았다.

잘하고 못하고를 떠나 나는 나의 영어에 만족했다. 영어 실력을 점수로 환산하면 어느 정도가 되는지 궁금하지 않았다. 하지만 지금 다니는 회사는 진급하려면 인사고과와 영어 점수가 필수고, 예를 들어 영어 점수는 외국어 말하기 시험인 OPIc 등급에 따라 최상위 레벨은 10점, 그 아래는 9점, 그 아래는 8점 이런 식으로 더해졌다. 8년 차가 진급 대상인지라 다른 회사에 다닐 때 동료들끼리 우스갯소리로 "저 회사는 9년 차 지나고 이직해야 이득"이라고 말했더랬다. 하필 8년 차에 입사했다. 읽기 듣기 위주의 토익 시험도 아니고 말하기 시험이라니. 예전 같으면 무작정 괴로워만 하다가 연말이 다가오면 에라이 모르겠다 될 대로 되라는 심정으로 올해는 단념하고 내년을 기약했을 텐데, 나는 확실히 달라져 있었다. 부담이 없었다면 거짓말이겠지만, 간만에 영어로 말할 기회가 생겨 내심 싫지만은 않았다. 회사에서 한 달에 한 번 시험 비용도 지원해주겠다, 매달 꼬박꼬박 응시했다. 첫 시험 결과는 중급[IM3]이었다. 누군가 내게 농담조로 말했다. 하와이에서 온 지 얼마 안 됐으면 최상급[AL]은 나와야 하는 거 아니냐고. 예전의 나라면 그 말에 기분이 상했을 텐데 신기하게도 아무렇지 않았다. "그러게요~" 하면서 웃어넘기고 두 번, 세 번 시험을 보았다. 그리고 네 번째 시험에서 최상급을 받았다. 그 점수가 어느 정도 도움이 되었는지 모르겠지만, 진급도 했다.

시험용 영어와 실생활용 영어는 달라서 지금도 회의를 하다 보면 모르는 영어 단어가 자주 등장해 머릿속에 물음표가 생긴다. 광고주가 어셈블[assemble]한 걸 좋아한다는데 어셈블은 무슨 뜻인지, 이번 제품은 콘텍스츄얼라이제이션[contextualization]이 핵심이라는데 콘텍스츄얼라이제이션은 무슨 뜻인지, 몰라서 물어본다. 자막 없이 미국 드라마를 보기는커녕 자막 없이는 짧은 외국 광고도 무슨 내용인지 헷갈려 옆사람에게 물어본다. 글로벌 프로젝트가 들어오면 저는 영어를 못하니까 영어 잘하는 동료를 지원해달라고 요청한다. 그런 말을 꺼내는 게 더는 부끄럽지 않다. 영어 공부를 해서 가장 좋은 점이 무엇이냐고 묻는다면 무턱대고 주눅 드는 마음이 사라졌다는 것. 모르면 모르는 대로, 못하면 못하는 대로, 나 자신을 창피해하지 않고 받아들이게 되어 좋다.

서른세 살의 불가능

오늘도 음파음파

서른세 살을 몇 달 앞두고였다. 출근하려고 눈을 떴는데 불현듯 '그냥, 1년 놀아볼까?' 하는 생각이 스쳤다. 아침 햇살을 보며 '오늘 날씨 좋네' 하는 것만큼이나 가볍고 순간적인 느낌이었다. 그런데, 놀아볼까? 하는 충동이 놀아보자는 다짐으로, 놀아야겠다는 확신으로 바뀌기까지 한나절이 걸리지 않았다.

전에도 회사를 한 번 그만둔 적이 있었다. 점심시간에 약속 있다고 둘러대고 다른 회사에 가서 팀장 면접을 보고 대표 면접을 보고 연봉 협상을 하고 출근 날짜까지 정한 뒤 내린 결정이었다. 조금만 더 일해달라는 상사의 부탁을 뿌리치지 못해 막바지까지 야근하다가 금요일 딱 하루 쉬고 새 직장으로 바로 출근했다. 그래도 불평하지 않았다. 다닐 회사가 있고 꼬박꼬박 월급이 들어오는 일상이 소중했기 때문이다.

아빠는 일하고 싶으면 일하고, 하기 싫으면 하지 않는

철부지였다. 덕분에 생활력은 엄마의 몫. 남들 두 배로 일하면서도 힘든 내색 한번 보이지 않으며 연년생 세 딸을 먹이고 입히고 대학까지 보낸 엄마를 세상에서 가장 존경한다. 적게나마 가계에 보탬이 되려고 대학입학원서를 넣은 후부터 아르바이트를 시작했다. 평소에는 잠이 많고 누워 있기 좋아하지만, 일할 때만큼은 시급 이상의 바지런이 튀어나와서 사장님들이 따로 불러 보너스를 챙겨주곤 했다. 그렇게 길러진 근면성은 아르바이트로 끝나지 않고 대학에서는 매 학기 성적장학금으로, 직장에서는 좋은 인사고과로 이어졌다.

나는 월급쟁이 체질이었다. 일하기 싫은데 돈은 벌고 싶은 모순적인 심보가 없었다. 열심히 일해서 번 돈으로 나를 먹여 살리는 내가 좋았고, 독립해서 살림을 꾸려가는 매일이 즐거웠다. 조금씩 아끼고 모아 전세자금대출을 갚아가는 과정 또한 재미났다. 직장인으로서 때려치우고 싶은 순간이 없을 리 만무했지만, 때려치우고 싶다는 푸념도 삼가는 편이었다. 섣불리 그만두지 않으리라는 걸 알았고, 그렇다면 굳이 말의 기운을 어둡게 만들고 싶지 않았다.

3년을 다닌 첫 직장은 업계에서도 힘들기로 유명한 곳

가능한 불가능

이었다. 오후 6시가 돼도 오늘 몇 시쯤 퇴근할지 알 수 없고 금요일 오후가 돼도 내일 출근할지 말지 짐작할 수 없었다. 선약을 미루거나 취소하거나 불참하는 경우가 잦아 미안하다는 소리를 달고 살았다. 나중에는 미안하다 말하기도 미안해서 약속을 잡지 않았다. 데이트 장소는 회사 주변을 크게 벗어나지 못했고 15일 남짓한 연차 휴가는 쓰지 못해 남아돌았다. 그런데도 그때를 떠올리면 힘들고 우울하기보다는 어쩜 그리도 열정적이었나 신기하고 갸륵하다.

사원 2년 차 때, 연초 토요일에 혼자 출근했다. 누가 나오라고 하지 않아도 월요일 회의가 있으면 주말에 거의 나가서 일했다. 광고 일은 애석하게도 들인 시간과 아이디어의 퀄리티가 정비례하지 않는다. 하지만 실력도 요령도 경력도 부족한 내가 쓸 수 있는 원료라고는 시간뿐이라 그날도 아침 일찍 집을 나섰다. 텅 빈 사무실에 불을 켜고 자리에 앉아 노트북 전원 버튼을 누른 다음 오른손으로 펜을 쥐었다. 두툼한 이면지를 앞에 두고 한참 골몰했다. 아무 생각이 나지 않았다.

오후가 되고 한밤중이 돼도 상황은 마찬가지였다. 인천공항 실내 광고판에 실릴 어느 보험사의 인쇄 광고 건이었는데, 지금이라면 하루 이틀 만에 쳐낼 일을 그때는 몇 날 며칠 싸매고 끌어안고 있어도 아무 생각이 나지 않았다. 어느덧 밤 11시가 넘었다. 엄마에게 전화해 아무래도 밤새야 할 것 같으니 기다리지 말고 먼저 주무시라고 했다. 단초라도 건지길 바라며 OT 브리프를 다시 들여다보고 경쟁사 광고를 살펴보고 노트북 폴더에 모아둔 좋은 광고를 훑어봤다. 부질없었다. 건진 거 하나 없이 뜬눈으로 일요일 아침을 맞이했다. 눈곱만 겨우 떼고 교회에 가서 예배를 드리고 나왔을 땐 잠을 안 잔 지 30시간이 지나 있었다. 그렇지만 회의에 가져갈 아이디어가 없으니 이대로 집에 갈 수는 없었다. 인천공항행 버스를 탔다. 거기 가면 뭐라도 좀 떠오를까 싶어서.

곧 여행을 떠날 사람들과 막 여행을 마치고 돌아온 사람들, 각양각색의 유니폼을 입은 승무원들, 굴러가는 캐리어 바퀴 소리, 탑승 수속을 알리는 안내 방송, 부풀고 들뜬 기운이 가득한 공항에서 외따로이 쪼들린 마음으로 아이데이션했다. 어둑해진 하늘에서 포슬눈이 내리기 시작했다. 청춘 드라마라면 이쯤에서 기막힌 아이디어가 나올 타이밍인데, 현실은 하룻밤을 지새우나 인천공항에 가나 안 나오는 건 안 나오더라는. 회의고 뭐고 당장 드러누워 자고 싶었다. 하지만 도저히, 도저히 빈손으로 갈 수 없어 그 밤에 눈발을 헤치며 강남에 있는 회사로 돌아갔다. 다음 날 오전, 팀장님은 내가 써 온 카피를 전부 퇴짜 놓았다. 그러고는 나의 카피가 프린트된 종이 뒷장에 일필휘지했다. 10분도 되지 않아 인쇄 카피 세 개가 나왔고, 아트 선배가 카피에 맞는 비주얼 작업을 해서 이튿날 광고주 보고를 했다. 나는 왜 저렇게 쓰지 못하는 걸까 속상했다. 더 속상한 건, 광고주의 변심으로 그 인쇄 프로젝트가 무산되었다는….

좋아하는 일이라서 잘하고 싶었고, 잘하고 싶어서 안달복달했다. 열일곱 살 때부터 광고 만드는 일을 꿈꿔왔던 터라, 눈높이는 이미 10년 차인데 실력은 겨우 신입사원이라 조급하게 굴었다. 세월이 만들어주는 연륜의 힘을 모르던 하룻강아지는 이직해서도 평소 하던 대로 일했다. 퇴근해서도 일하고 회식 날에도 술을 마시지 않는 나는 1차에서 저녁만 먹고 빠져나와 다들 2차 3차 갈 때 혼자 사무실로 올라가 풀리지 않은 아이디어를 붙들고 씨름했다. 지금은 누가 그런 식으로 일한다고 하면 "대체 왜 그렇게까지?"하며 놀라는 나지만, 그때는 전혀 과하다고 생각하지 않았다. 너무 괴로웠지만 너무 행복했으니까. 모두가 하기 싫어하는 프로젝트를 단독으로 떠맡아도 싫은 소리 하지 않고 끝마쳤다.

이직하고 이듬해 1월 1일, S와 함께 '할 수 있어 프로젝트'를 시작했다. 새해 기분 좀 내려고 즉흥적으로 벌인 내기였고, 지극히 개인적인 도전이었다. 카피 쓰는 일에는 아무런 도움이 되지 않고, 따지고 보면 인생을 바꿀 만한 성과도 아니었다. 달라진 것도 크게 없었다. 월요일이 되면 출근하고 주말을 손꼽아 기다리고, 경쟁 피티가 들어오면 이번 달은 없는 셈 치며 야근하고, 나의 아이디어가 선택되면 기쁘고 선택되지 않으면 우울하고, 카피가 잘 써지면 즐겁고 안 써지면 괴롭고. 그런데 나비의 날갯짓처럼 미세한 변화가 일어나고 있었다.

광고주로부터 광고 캠페인을 만들어달라는 OT를 받고 나면 제작팀 사람들은 아이데이션 모드로 전환된다. 영화를 보고 잡지를 읽고 인터넷을 하고 커피를 마시고 지하철 차창을 보는 동안에도 생각하고 생각하며 아이디어 영감을 찾는다. 나라고 다르지 않았다. 머릿속이 마치 컴퓨터 두 대를 동시에 돌리는 것처럼 쉴 새 없이 돌아갔다. 퇴근하고 나서도 한 대는 꺼두고 한 대는 켜둔 채 일상을 보냈다. 오랜만에 친구를 만나 저녁을 먹거나 좋아하는 작가의 신간 소설을 읽거나 산책하고 샤워하는 와중에도 머릿속 일부분은 끊임없이 아이데이션하고 있었다. 생각을 벼랑까지 몰고 가면 가슴을 때리는 카피나 아이디어가 찾아진다는 30년 차 카피라이터의 인터뷰 한 줄을 파티션 정면에 붙여놓고 생각을 끌로 팠다. 프로젝트에 따라 벼랑까지 몰고 가야 할 생각이 있는가 하면 편하고 가볍게 다뤄야 하는 생각도 있고, 되려 생각할수록 갇히는 생각도 있다는 걸 몰라서 융통성 없이 일했다.

스스로 끄지 못하는 생각을 운전 연습이 꺼주었다. 내일 회의가 있든가 말든가, 왼쪽 깜빡이를 켜고 차선 변경하는 것보다 중한 일이 무엇이던가. 악보를 따라 흰건반 검은건반을 두드리는 동안에는 어떤 잡념도 끼어들지 않았고, 치면 칠수록 손에 익어가는 감각에 온전히 몰입했다. 피아노 학원에 늦지 않으려고 화요일과 목요일은 무조건 오후 6시에 사무실을 나섰다. 'No way~설마', 'Let me see~가만있어보자'

처럼 머리를 거치지 않고 입에서 바로 튀어나오는 문장이 늘수록 영어 수업이 기다려졌다. 커피 쓰는 일에만 집중되었던 열정이 운전과 피아노, 영어를 배우는 일상으로 넓어졌다. 마음에 드는 아이디어가 나올 때라야 느낄 수 있던 성취감을 도로 주행 할 때마다 피아노 건반을 두드릴 때마다 영어 문장을 뱉을 때마다 숱하게 느꼈다. 나도 모르는 사이, 강약을 조절하며 일하는 능력이 길러졌고, 일이 침범하지 않는 퇴근 이후의 삶을 만들게 되었다. 변화는 거기서 멈추지 않았다.

그냥, 1년 놀아보자.

한창 일할 나이에 일하지 않는 건 무책임하다 여겨왔는데. 나는 내 인생의 믿음직한 가장이었는데. 조금 더 모아 원룸에서 투룸으로 이사하려 했는데. 그냥, 1년 놀아보고 싶어졌다. 외국에서 살아보고 싶어졌다. 배운 영어를 현지에서 써보고 싶어졌다. 월요병 없는 월요일을 맞이하고 싶어졌다. 열심히 일한 나에게 최고의 안식년을 선물하고 싶어졌다. 그래, 회사를 그만두자. 하와이에 가자.

그날부터 퇴사를 가슴에 품고 출근했다. 퇴사 날짜도 정했다. 일하지 않고 1년을 보내려면 얼마쯤 필요한지 계산해보고 그 돈이 마련될 즈음을 따져보니 대략 2017년 연초였다. 열다섯 번의 월급날이 지나야 했다. 그날이 오기 전까지 언제나처럼 성실히 일했고 적금을 부었다. 그리고 하와이 바다에서 헤엄치는 날을 꿈꾸며 수영 강습을 등록했다. 아침 7시 주 3회 초급반.

새벽 6시 35분, 알람이 울렸다. 평상시 일어나는 시간보다 한 시간 반이나 앞당겨진 시간이었다. 누워 있어야 할 몸을 깨우기 쉽지 않았지만 무얼 배우든 첫날 결석하면 다음 수업 땐 전학생이 된 것처럼 어색해지기 때문에 전날 밤 챙겨놓은 수영 가방을 들고 나갔다. 15분 정도 걸어 동네 수영장에 도착했다. 1층 데스크 직원에게 회원증을 보여주고 보관함 열쇠를 받아 지하 1층으로 갔다. 계단을 내려갈수록 짙어지는 염소 냄새와 높아지는 습도가 고스란히 피부로 느껴졌다. 여자 탈의실에 들어가 입은 옷을 하나씩 벗어 가지런히 접어 넣고 세면도구를 챙겨 샤워실로 건너갔다. 간단히 몸을 씻고 수영복을 입었다.

수영복은 수영에 최적화된 운동복이다. 도복이나 요가복처럼 운동복을 입는 것뿐이다. 그런데도 내가 입으려니 어쩐지 민망스러웠다. 팬티 라인에 가까운 하의 부분 하며,

U 자로 깊게 파진 등 부분, 적나라하게 드러나는 겨드랑이 부분까지 여간 부담스러운 게 아니었다. 인터넷을 샅샅이 검색해 맨살이 최소한으로 드러나는 수영복을 구매했다. 상의는 반팔까지 내려오고 하의는 3부 반바지 길이에다가 목덜미와 쇄골까지 덮는 지퍼형 진회색 수영복은 입고 벗기에는 조금 불편하나 마음은 한결 편했다. 긴 머리를 둥글게 말아 수영모 안에 넣고 수경을 이마에 걸쳤다. 심호흡을 크게 한 번 하고 수영장으로 연결된 유리문을 열었다.

"저기, 여기가 초급반인가요?"

"그런데요. 처음 오셨어요?"

"네."

"수영은 배워본 적 있으시고?"

"아니요, 오늘이 처음이에요."

"물에는 떠요?"

"아니요."

"다른 회원님들은 자유형 돌고 계시고요, 회원님은 저를 따라오세요."

구석에 있는 어린이용 풀장으로 갔다. 데크에 엉덩이만 걸치고 앉아 두 다리를 물에 담그고 허벅지를 움직여 오른발 왼발 번갈아가며 차는 연습을 했다. 물속으로 들어가 벽을 잡고 몸을 띄워 오른발 왼발 번갈아가며 차는 연습도 했다. 물 안에서는 코로 "음~" 내쉬고 물 밖에서는 입으로 "파흡~" 들이쉬는 연습도 했다. "지금 회원님이 하시는 건 발장구지 발차기가 아닙니다. 무릎 굽히지 마세요"라는 지적과 "계속 연습하고 계세요"라는 지시를 내리며 강사님은 성인용 풀장으로 갔다. 그러고는 영영 돌아오지 않았다. 수업이 끝났는데 끝난 줄도 모르고 홀로 발차기와 음파음파를 하다가 다음 수업을 위한 준비운동 호루라기 소리에 화들짝 놀라 샤워실로 달음질했다. 첫 번째 수업은 그렇게 끝이 났다.

다음 수업은 성인용 풀장에서 이루어졌다. 열 명 남짓한 수강생들이 차례대로 자유형으로 출발했다가 평영으로 돌아오고 있었다.

"회원님, 여기 킥판 잡고 발차기하면서 한 바퀴 도세요."

얼떨결에 다른 사람들 사이에 끼어들어 갔다. 배운 대로 발을 찬다고 차는데 앞으로 나아가지는 않고 아래로만 가라앉았다. 순식간에 앞사람과 멀어지고 무서운 속도로 뒷사람이 쫓아왔다. 앞뒤로 일정하게 유지되던 간격이 나를 기점으로 무너지면서 귀성길 고속도로가 되었다. 얼른 뒤를 돌아보았다. 미간을 찡그리고 서 있는 뒷사람의 표정이 적나라했다. 분명 나 때문에 여러 번 멈춰 섰을 것이고 수영 흐름이 깨졌을 것이다. 민폐를 끼치지 않으려면 다른 사람들과 속도를 맞춰야 하고 속도를 맞추려면 킥판을 손으로 밀고 두 발로 걸어야 했다. 반 바퀴를 걸어서 온 나에게 강사님이 말했다.

"회원님, 그렇게 걸으시면 안 되죠. 느려도 킥을 차셔야죠. 한 바퀴 더 돌고 오세요."

다음 날부터 수영장에 가지 않았다.

아이디어란 예민한 것이어서, 누군가가 하품을 하거나 비난하면 죽어버린다. 빈정거려도 칼에 찔린 듯 죽고, 눈살을 조금만 찌푸려도 그만 죽어버린다. ★

나의 첫 팀장님은 해외 광고제에 출품할 아이디어 회의

★ 잭 포스터, 「잠자는 아이디어 깨우기」, 정상수 옮김, 해냄, 1999.

시간이 되면 이 문장을 프린트해 회의실 벽에 붙였다. 사소한 하품이, 무심코 하는 딴청이, 심드렁한 반응이, 악의 없는 무심함이 어떤 이의 기를 죽이고 열정을 꺾고 노력을 짓밟을 수 있기에, 서로서로 조심하자는 취지였을 것이다. 한 사람씩 발표가 끝나면 아이디어가 훌륭하든 그렇지 않든 다 함께 박수를 치는 의례 또한 잊지 않았다.

무언가를 처음 배우는 초보자의 마음은 '아이디어'와 다르지 않다. 초보자의 마음이란 "예민한 것이어서, 누군가가 하품을 하거나 비난하면 죽어버린다. 빈정거려도 칼에 찔린 듯 죽고, 눈살을 조금만 찌푸려도 그만 죽어버린다". 그런 상황을 의연하게 넘길 수 있는 단단한 마음은 타고나는 게 아니라 시간과 함께 차곡차곡 만들어진다. 얼마 전 회의가 끝나고 카피라이터 후배에게 "선배님 진짜 잘하세요!"라는 칭찬을 들었다. 쑥스러워서 "난 연차가 높잖아~"라고 얼버무렸는데, 겸손한 표현이 아니라 사실 그대로다. 보험사 인쇄 건을 붙들고 회사에서 밤새다가 인천공항까지 갔던 초보자를 이만큼 성장시킨 건 노력만이 아니었다. 해마다 연차가 쌓이면서 얻은 무수한 경험은 재능이나 노력으로는 만들 수 없는 능력을 키워주었다. 나이 어린

천재는 있지만 나이 어린 대가는 없다는 격언이 가면 갈수록 마음에 와닿는다.

어느덧 나의 경력에 11년이라는 시간이 쌓였다. 갓난아이가 초등학교 4학년이 되는 엄청난 시간 동안 카피라이터로 일하고 있다. 해가 바뀔 때마다 새로 입사한 신입사원들과 1년씩 연차가 벌어지고 그만큼 나의 초보 시절과도 멀어지고 있다. 상처받을 일이 적어지고 웬만해서는 잘 털어버린다. 이제는 만만한 연차가 아니라서 그런지 무신경한 농담을 던지는 사람도 줄었다. 확실히 예전보다 직장 생활이 편하게 느껴진다. 그러다 나도 모르는 사이 올챙이 적 생각 못 하는 개구리가 될까 봐 연약하고 예민했던 초보자의 마음을 잊지 않으려고 노력한다. 나에게는 쉬운 일이 신입에게는 어려운 일일 수 있고, 가져온 결과물 중에 쓸만한 게 없다 하더라도 밤새워 노력했을 수고를 헤아려본다. 사소한 하품에, 무심코 하는 딴청에, 심드렁한 반응에, 악의 없는 무심함에 누군가가 다치지 않도록 행동과 말투를 살피고 반성한다. 나의 선배들이 그랬던 것처럼.

아침 7시 주 3회 초급반을 다시 등록했다. 기상 시간을 더 앞당겨야 하는 불편을 감수하고 회사 근처 수영장으로 옮겼다. S와의 내기에서 지기도 싫었지만, 그보다는 제대로 해보지도 않고 '역시 나는 수영이랑 안 맞나 봐' 쪽으로 기울어지는 생각이 싫었다. 맞지 않은 건 수영이 아니라 강사님이었을지도 모른다. 그렇게 다독이며 한 달째 방치해둔 수영 가방을 들고 새벽 지하철에 몸을 실었다.

옮긴 수영장에는 동네 수영장과 마찬가지로 기존 수강생이 열 명 남짓 있었다. 초보자 눈에는 하나같이 실력이 출중해 보였다. 자유형까지 하는 사람이 있는가 하면 평영까지 하는 사람이 있고, 접영 기초까지 하는 사람도 있었다. 자유형만 하더라도 누구는 팔 돌리기까지, 누구는 팔 꺾기까지 했다. 초급이라고 다 똑같은 초급이 아니었다. 그래도 이번에는 생초보자가 나 말고 한 명 더 있었다. 나의 소중한 동지. 그가 수영장을 그만두기까지 넉 달 동안 통성명한 적도, 하다못해 눈인사를 나눈 적도 없지만, 수영장에 들어서면 제일 먼저 그의 민트색 수영복이 있나 없나부터 확인하는 게 일과였다. 둘이 나란히 앉아서 발차기하고 엎드려서 발차기하고 벽 잡고 발차기하고 음파음파를 했다.

드디어 제자리 연습을 마치고 킥판을 잡는 날, 강사님이

수영 실력을 높이는 방법을 알려주겠다고 했다. 수영장 물
을 많이 먹으면 된단다. 물 안 먹으려고 조심할수록 몸에
힘만 들어갈 뿐 실력은 늘지 않는다고, 그러니까 겁내지
말고 여기 있는 물 많이들 먹으라고 했다. 어차피 마셔도
오줌으로 다 나오니까 걱정들 마시라고. 그 한마디가 우황
청심환처럼 긴장을 누그러트렸다. 레인을 돌고 있는 수강
생들 틈에 우리 둘이 대기했다. 그가 먼저 출발했다. 뒤따
라 내가 출발했다. 강사님은 우리가 반 바퀴쯤 돌 때까지
기다렸다가 다음 차례를 출발시켰다. 쫓기는 다급함 없이
초보자의 속도로 한 바퀴를 돌고 두 바퀴를 돌고 또 돌았
다. 문득 수영을 오래 할 수 있겠다는 생각이 들었다.

공부든 운동이든 실력이 늘면 배움을 넘어 재미의 단계
로 들어선다. 억지로 하는 게 아니라 하고 싶어서 하게 된
다. 입시 미술을 준비하던 당시, 미술학원 학생들끼리 사
용하는 은어가 있었다. "쟤, 벼락 맞았대"라는 말이었는
데, 처음에는 곧이곧대로 듣고서 "근데 말짱하네?!" 하며
놀랐다가 친구들에게 웃음을 샀었다. 석고 소묘는 실력이
차근차근 늘지 않는다. 다달이 부은 적금을 한 번에 타듯

이 어느 날 갑자기 확 는다. 어제까지 구도를 엉망으로 잡던 옆자리 친구가 갑자기 구도를 너무 잘 잡는다. 그 기이하고 놀라운 순간을 벼락 맞았다고 표현하는 것이다. 단번에 깨닫는 경지에 이르기까지에는 반드시 점진적인 수행 단계가 따른다는 돈오점수頓悟漸修와 비슷한 원리다.

나도 벼락을 맞았다. 아무리 늦어도 고2 겨울방학에는 준비해야 하는 미대 입시를 재수하는 3월에 시작한 나는 반에서 가장 그림을 못 그리는 학생이었다. 그려놓은 소묘를 보면 절망감이 몰려왔다. 그래도 주어진 9개월 동안 할 수 있는 최선을 다하려고 아프고 슬퍼도 수업 시간보다 일찍 학원에 나갔다. 그날도 3절지 도화지를 이젤에 끼우고 등받이 없는 의자에 앉아 뭉툭해진 4B 연필을 깎고 더러워진 잠자리표 지우개를 사포에 갈아 깨끗하게 만든 후 아그리파 정면을 그리고 있었다. 시간이 얼마나 지났을까, 뒤에서 웅성거리는 기척이 느껴졌다. 교실에 있는 모든 선생님이 내 뒤로 와서 미소를 띠며 소곤거렸다. 평소처럼 그렸을 뿐인데 평소보다 형태가 잘 잡히고 인상이 잘 표현되고 면이 잘 쪼개진 아그리파가 그려져 있었다. 그날 처음으로 느꼈던 것 같다. 소묘가 재미있다고. 잘 그려지니까 재미있고, 재미있어서 더욱 열심을 냈다. 그 후로도 몇 번 벼락을 맞았고 1지망으로 쓴 미대에서 아그리파 오른쪽 반측면을 그려 합격했다. 수영도 소묘와 다르지 않았다.

나는 유독 자유형 발차기가 힘들었다. 무릎을 굽히지 말라고 해서 무릎을 쫙 펴고 발차기를 하면 다리의 힘을 빼라고 하고, 다리의 힘을 빼고 발차기를 하면 무릎을 굽히지 말라고 하고. 허벅지로 물을 누른다는 느낌으로 발을 차라는 지적을 듣지 않는 날이 없었다. 답답했다. 다큐멘터리를 보면 박태환도 펠프스도 무릎을 굽히던데요?라고 강사님에게 물어보기 겸연쩍어 인터넷에 '자유형 발차기 무릎 굽히지 말고'를 검색했다. 그러면 어김없이 앞서 고민을 했던 누군가가 있었다. 그들이 가르쳐주었다. 무릎을 굽히지 말라는 건 다리를 각목처럼 뻣뻣하게 펴고 발차기하라는 뜻이 아니라고. 마치 회초리를 휘두르듯 허벅지로 물을 내려 차면 무릎, 종아리, 발목, 발등까지 저절로 부드럽게 움직여질 거라고 했다. 허벅지 아래로는 아무것도 달리지 않았다고 생각하면서 발차기를 해보라고도 했다. 초보자가 실수하는 발차기와 올바른 발차기를 비교하고 그래픽까지 넣어가며 친절하게 설명하는 영상도 한가득이었다.

가능한 불가능

수많은 수영 선배들이 자신만의 노하우를 아낌없이 나눠주며 얼굴 모를 후배들의 사기를 북돋아주고 있었다.

눈으로 배운 내용을 직접 해보려고 강습이 없는 날에도 수영장에 가기 시작했다. 하도 봐서 머릿속에 완전히 저장된 이상적인 발차기 장면을 따라 하며 혼자서 나머지 수업을 했는데 저번 주나 이번 주나 나아진 게 없었다. 그러던 어느 날 아침, 갑자기, 느꼈다. 허벅지가 회초리처럼 부드럽게 움직이면서 물살을 누르는 느낌. 곧이어 발등이 누른 물살의 말캉함. 물을 가르고 앞으로 나아가는 속도가 살갗으로 느껴졌고 한 바퀴를 돌아도 숨이 차지 않았다. 얼떨떨해서 한 바퀴를 더 돌았다. 숨이 차지 않았다. 뭐야 뭐야! 물을 누르는 느낌을 알게 되자 얼른 물속을 헤엄치고 싶어서 시도 때도 없이 엉덩이가 들썩였다. 강습이 있는 날은 기본이고, 없는 날에도 토요일에도 수영장을 찾았다. 주일예배가 끝나면 버스를 두 번 갈아타고 한 시간 20분이 걸려 수영장을 찾았다. 주말 약속을 나갈 때마다 수영 가방을 챙겨 나갔고 지인 결혼식이 있는 날에도 수영장부터 들렀다가 갔다. 그러고도 아쉬워서 앞 수업과 뒤 수업 사이에 비어 있는 10분이라도 더 수영하려고 기상 시간을 앞당겼다. 매일 잠자리에 누울 때마다 두근거렸다. 내일 아침이 되면 수영할 수 있다는 기대감에. 새벽 6시가 되면 알람이 울리기도 전에 두 눈이 번쩍 떠졌고, 허무할 정도로 쉽게 아침형 인간이 되었다.

학창 시절을 생각하면 아쉬운 것이 하나 있다. 아무도 없는 교실의 아침 풍경을 모른다는 것. 오래전 퇴근길 버스 안에서 기사님이 틀어놓은 라디오 〈메이비의 볼륨을 높여요〉를 듣다가 그 사실을 깨달았다. 매일 지각하던 여고생이 어느 날엔가 작정하고 등교 시간보다 이르게 학교에 갔다는 사연이 나왔다. 맨 처음으로 교실 문을 열고 들어가 빈자리에 앉아서 친구들이 하나, 둘 들어오는 것을 보았단다. 텅 빈 교실의 공기와 한적한 바람, 고요하게 가라앉은 소리, 그 느낌이 너무 좋았다고 했다. 사연을 읽는 메이비도 크게 공감하며 이른 아침 혼자 있는 교실은 학생들로 부산한 교실과는 사뭇 다른 분위기라고 추억했다.

내가 기억하는 교실의 풍경은 언제나 북적거리고 학생들로 꽉 차 있다. 나는 교실에 헐레벌떡 들어가는 마지막 학생이었고 혼나면서 하루를 시작했다. 유치원 때부터 시작된 지각 습관은 초중고, 대학, 직장까지 이어졌고, 지각하지 않은 날이 연중 공휴일처럼 드물었다. 고3 담임선생님은 언제부턴가 조례 시간에 출석부를 부르지 않았다. 나만 오면 전원 출석이었기 때문에 내 자리가 비어 있는지 아닌지만 확인했고 조례가 끝날 때까지도 빈자리의 주인은 좀처럼 나타나지 않았다. 수험 공부 하라고 생겨난 0교시를 듣지 못한 유일한 학생이었지 싶다. 수능시험 날 행여나 지각해서 입실하지 못했을까 봐 마음 졸이며 기다린 담임선생님은 시험을 끝내고 나오는 골칫덩어리를 발견하고서야 안도의 한숨을 내쉬었다.

지각해서 혼난 다음 날 또 지각한 어느 날, 고1 담임선생님이 복도로 나를 불러냈다. 화가 나면 와이셔츠 소매를 팔뚝까지 걷어 올리고 손목시계를 풀고서 왼손바닥으로 이마를 때리는 그에게 오늘도 내 이마가 남아나질 않겠구나 생각하며 교실 밖으로 나갔다. 예상과 달리 매서운 손바닥은 날아오지 않고 지친 넋두리가 쏟아졌다. 너는 너무 긴장하지 않고 잔다고, 적어도 혼난 다음 날에는 지각하지 않으려는 마음에 일찍 일어나기 마련인데 너는 어떻게 하루도 빠짐없이 지각할 수 있냐며 선생님은 고개를 저었다. 사람들은 매일 밤 잠들기 전 내일 아침 일찍 일어나야 한다는 긴장감을 어느 정도 갖고 잠에 든다고 했다. 본인도 그렇고 우리 반 애들도 모두. 너처럼 긴장하지 않고 자는 사람은 없다고 토로했다.

수영하고 싶어서 일찍 일어나는 자신을 보며 16년 전 담임 선생님이 말했던 긴장감이 무엇인지 깨달았다. 내일 아침 수영에 늦지 않고 싶다는 바람이 몸속 어딘가에 맞춰놓은 알람 시계처럼 대기하고 있다가 새벽 6시쯤 수영하러 갈 시간이 되면 단번에 몸을 깨웠다. 깨어난 몸은 조금 더 자고 싶다고 떼쓰는 일 없이 신나서 밖으로 나갔다. 설레는 긴장감이었다. 일찍 일어나려면 일찍 자야 했기에 취침 시간도 앞당겼다. 경쟁 피티 때문에 새벽까지 일해야 하는 날을 제외하고는 밤 10시면 잠자리에 들었고 지금도 그렇다. 4년째 알람을 맞추지 않고 자는데 새벽 5, 6시가 되면 가뿐하게 눈이 떠진다. 새벽의 맑고 차분한 기운이 좋아서, 부산스럽지 않게 시작하는 하루가 좋아서, 아무도 없는 사무실에 가장 먼저 들어가 고요히 일하는 한두 시간이 좋아서, 깨어 있는 시간을 밀도 있게 쓰는 모습이 좋아서, 일찍 자고 일찍 일어나게 된다.

가능한 불가능

누하동 개구리. 평영을 좋아하는 나에게 팀 선배가 붙여준 별명이다. 그해 나의 관심사는 온통 수영이었다. 입만 열면 수영 얘기. 펠프스는 발이 커서 좋겠다는 둥, 나도 손에 물갈퀴가 있었으면 좋겠다는 둥, 시답잖은 얘기뿐인데도 직장 동료들은 귀엽게 들어주었다. 팔다리를 쭉 뻗어 헤엄치는 자유형과 달리 개구리 영법으로 불리는 평영은 자세가 요상하고 민망한 데다 동작도 복잡해서 익히기 수월치 않았다. 팔과 다리의 움직이는 박자가 중요한데 자꾸 엇박자가 나서 열심히 몸부림쳐도 앞으로 나가지 않았다. 강습과 나머지 연습만으로는 나아질 기미가 보이지 않아 직장 친구 J에게 도움을 요청했다. 토요일 오전, 동네 수영장 입구에서 만나 나란히 샤워하고 수영복으로 갈아입었다. J는 물속에서 나의 동작을 꼼꼼히 살펴주었다. 순서는 얼추 맞는데 발차기가 약하니까 힘차게 차보라 조언했고 자기가 하는 동작을 물속에서 보라고 했다. 나는 J의 동작을 관찰하고 따라 하고, J는 나의 동작을 살펴보고 교정해주었다.

평영 킥 세 번에 한 번씩 일어나서 쉬어야 했던 실력이 차츰차츰 늘었다. 멈추지 않고 레인을 도는 횟수가 늘더니 왕복 20바퀴를 돌아도 가볍게 산책한 것처럼 힘들지 않았다. 흐름이 끊기지 않도록 물속에서 턴하는 방법을 유튜브 동영상으로 독학하고 숨이 고르게 유지되는 나만의 수영 속도를 찾았다. 강습에 빨리 가든 늦게 가든 맨 끝이었던 (암묵적인) 내 자리도 앞으로, 앞으로 이동해 어느새 1번 주자가 되었다.

할 수 있는 영법이 하나씩 늘수록 하고 싶은 게 많아졌다. 잠수해서 물속을 나아가는 잠영도 하고 싶고 물 위에 머리만 내놓고 발만 움직이는 입영도 하고 싶고 궁극적으로 바다 수영이 하고 싶었다. 실제 바다는 조금만 헤엄쳐 나가도 발이 닿지 않을 만큼 깊어질 텐데, 보통 수영장의 성인풀 수면은 1.3미터 정도라 일어서면 물이 가슴팍에 왔다. 응용력이 매우 떨어져 배운 것만 할 줄 아는 내가 이대로 하와이에 간다면 발이 닿지 않는 바다가 무서워 해변 언저리에서 꼼지락거릴 게 분명했다. 바다 수영과 관련된 글을 찾아 읽다가 흘러 흘러 원데이 스노클링 강습을 발견했다. 휴양지로 여행 갔을 때 구명조끼를 입고 수면 위에서만 맴돌던 스노클링이 아니라 간단한 스노클만 착용하고 맨몸으로 잠수하는 방식이었다. 어머, 이건 배워야 해!

네 명이 단체 강습을 예약하면 강습료가 할인된다기에 가장 먼저 생각나는 친구 둘에게 물었다. 흔쾌히 하겠단다. 나머지 한 명을 채우기 위해 친구가 남자친구를 데려오기로 했다. 친구의 남자친구를 민낯의 수영복 차림으로 처음 대면하는 상황이 벌어졌다. 지금도 그때를 떠올리면 웃음이 나오는데 나도 그렇고 친구들도 그렇고 친구의 남자친구도 그렇고 넷 다 수영에 진심이라 강습에 엄청 진지하게 임했고 그래서 현재 우리의 모습이 웃기고 창피하다는 생각에 미치지 못했다.

　수원월드컵스포츠센터에는 수심 5미터의 다이빙풀이 있다. 내 키의 세 배가 넘는 깊이였다. 스노클 호스에 물이 들어왔을 때 훅- 숨을 내뱉어 물을 빼내는 방법과 머리를 아래로 집어넣어 잠수하는 방법, 깊이 잠수했을 때 귀가 먹먹하지 않도록 이퀄라이징하는 방법, 풀장 바닥을 손으로 터치하고 머리를 돌려 수면 위로 올라오는 방법, 수면 위에서 얼굴만 내놓고 떠 있는 방법을 배웠다. 이 모든 걸 허리춤에 무거운 금속을 달고 하다가 나중에는 금속을 빼고 했다.

　물이 깊어서 그런지 수온이 무척 낮아 금세 입술이 파래

지고 가만히 있어도 이가 덜덜 떨렸다. 얼굴은 하얗게 뜨고 눈 주변의 수경 자국이 적나라했다. 그렇게 추레한 몰골로 강습을 마친 우리 넷은 분식집에 가서 우동 한 그릇씩 싹싹 비우며 오늘 얼마나 재미있었는지 한참 떠들었다. 그 후로 잠수하고 싶어서 풀장이 깊은 곳을 찾았다. 종로에 있는 서울YMCA수영장은 1미터 깊이인 바닥이 점점 깊어지면서 끝으로 가면 3미터가 되는 구조였다. 매주 한 번은 자유회원권을 끊고 발이 닿지 않는 수영장에서 잠수하며 바닥을 손으로 터치하고 놀았다. 그러는 사이, 1년이 훌쩍 지났다.

1년 중 눈이 가장 많이 내린다는 절기인 대설大雪에 태어났지만, 추위를 심하게 타서 한여름에도 미지근한 물로 샤워하고 사계절 내내 미지근한 물을 마신다. 다니던 수영장은 시설 관리에 투철해 물이 차갑지 않도록 수온을 유지했지만 그래도 한겨울엔 어쩔 수 없이 차가웠다. 서울YMCA수영장은 건물이 낡아 외풍이 심했다. 그래서 봄여름가을겨울 얼음장이었다. 그럼에도 불구하고 수영이 하고 싶어서 모두 극복했다. 그런 내가 낯설었다. 사랑은 사람을 변화시킨다던데, 그렇다면 이건 분명 사랑이었다.

수영장에 옅게 밴 염소 냄새를 사랑한다. 온몸에 닿는 물의 촉감을 사랑한다. 바닥에 일렁이는 물의 무늬를 사랑한다. 차가운 물과 나의 온기가 섞여 따듯하게 바뀌는 찰나를 사랑한다. 애쓰지 않아도 조화롭게 움직이는 숙련된 동작을 사랑한다. 손으로 밀어낸 물살이 허벅지를 스치고 지나가는 느낌을 사랑한다. 모든 상념이 사라지고 무념무상이 되는 지점을 사랑한다. 수영을 끝내고 하는 샤워를 사랑한다. 밖으로 막 나왔을 때의 공기를 사랑한다. 살갗에 옅게 풍기는 염소 냄새를 사랑한다. 수영을, 사랑한다.

서른네 살의 불가능

하와이에서 살아요

2017년 3월 28일, 퇴사하고 이틀 뒤 하와이로 떠났다. 준비는 1년 전부터 조금씩 해왔던 터라 퇴사할 즈음에는 이민 가방에 모든 짐이 완벽하게 꾸려져 있었다. 가져가야 할 물건을 적은 리스트에 밑줄로 한 번, 동그라미로 한 번, 마지막으로 V 자 표시까지 하며 챙겼고, 안경이나 슬리퍼, 수건, 잠옷같이 금방 써야 하는 물건은 꺼내기 쉽게 맨 위에 담았다. 기내용 가방에는 필수품과 각종 서류를 넣었다. 귀국 날짜가 찍힌 전자티켓과 학생비자 복사본, 영문으로 된 여행자보험증서와 통장잔고 증명서, 소득증명서까지. 학생비자를 받은 외국인이라도 입국 심사에서 운이 나쁘면 강제로 추방될 수 있는 트럼프 정권 시대였기 때문이다. 특히 삼십대 미혼 외국인 여성 무직자가 요주의 대상이었기에, 행여나 트집이 잡히면 서류를 꺼내 나는 한국에 자산(마이너스대출로 만든 숫자였지만)이 있고 여기에 불법적으로 돈 벌러 온 게 아니며 미국 시민권자와 결혼해서 정착할 생각도 없다고 어필할 요량이었다. 그 밖에 각종 요금을 정지시키고, 예방접종을 받고, 해외에서 모바일 뱅킹을 이용할 수 있게 신청하고, 한 달 후에 있을 대선 투표를 하와이 영사관에서 치를 수 있게 국외 부재자 신고를 했다. 빠짐없이 체크된 리스트를 접어 가방 앞주머니에 넣었다. 모든 준비가 끝났다.

떠나기 전날 부모님이 집으로 찾아왔다. 양손에는 볶음 고추장이며 콩자반이며 진미채무침이며 오래 두고 먹을 수 있는 밑반찬이 들려 있었다. 누가 보면 이민 가는 줄 알겠네, 하며 농담했는데 아빠의 눈시울이 붉어졌다. 유학이나 어학연수 없이 일평생 같은 땅에서 붙어 살던 우리였다. 독립해서 따로 산 지 3년이 되어가지만, 지하철로 한 시간 거리라 아프면 당장 달려갈 수 있었는데 하와이는 비행기로만 아홉 시간이고 그곳에 아는 사람도 없으니 심란한 모양이었다. 그래도 자식이 원하니까 애써 마음을 추스르며 잘 다녀오라고 안아주었다. 그 순간, 남들은 결혼해서 애 낳고 안정적으로 사는데 나는 나 좋자고 환갑 칠순 넘은 부모에게 걱정만 끼치고 있다는 생각이 스쳤다. 지난 1년간 하와이에 간다는 기대만으로 붕 뜬 채 살아왔는데 갑자기 현실로 툭 떨어져 마음이 어수선해졌다.

　다음 날 비행기 안에서 한시도 잠들지 못하고 뒤척이다 피곤한 몸으로 호놀룰루공항에 내렸다. 서너 가지 질문과 대답으로 입국 심사를 통과하고 수화물 코너로 가서 알록달록한 네임태그가 달린 이민 가방을 찾았다. 그제야 한숨 돌리고 고개를 들었다. 건물 안까지 깊숙이 들어오는 아침 햇살, 풀 냄새가 배어 있는 공기, 크고 두꺼운 야자수, 나지막이 들려오는 외국어, 공항 직원들이 입은 하와이안셔츠, 눈이 마주치면 미소부터 짓는 사람들이 거기에 있었다. 1년간 꿈꿔온 모습이 거기에 있었다. 열심히 살아온 나에게 주고 싶었던 선물이 거기에 있었다. 내가 거기에 있었다. 완전한 행복으로 벅차올랐다.

　게스트하우스에 짐을 내려놓고 가장 먼저 월마트에 갔다. 한국에는 없는 'SPF 100'짜리 자외선 차단제와 생수, 초코바를 카트에 담았다. 월마트가 뭐라고 장 보는 게 뭐라고 별것이 다 설레고 긴장되었다. '○○유심칩을 찾고 있는데 여기에는 안 보이네요. 이제 안 파나요?'라는 문장을 영어로 만들어서 속으로 여러 번 연습한 다음 직원에게 물어보고, 이제는 그 제품을 안 판다는 답변을 얻었을 때

내 영어가 실제로 통하는구나 싶어 작은 흥분이 일었다. 비닐봉지가 필요하냐고 묻는 계산원에게 노땡큐라 답하고 거스름돈과 영수증을 받아 지갑에 넣는, 고작 그것만으로도 하와이 생활의 첫발을 디뎠다는 거창한 감정을 느꼈다.

밖으로 나와 구글맵을 켜고 하와이대학교를 입력했다. 최단 거리로 안내받은 길은 오래된 주택이 즐비한 평범한 골목길이었다. 빛 바랜 세일 문구를 유리창에 붙여놓은 핸드폰 가게도, 테이블이 몇 개 없는 동네 식당도, 새마을금고같이 작은 은행도 소박하기 그지없었다. 그런데도 눈에 콩깍지가 씌어서 눈앞의 모든 광경이 사랑스러워 걸음을 늦추고 한 발자국 한 발자국 꾹꾹 눌러 걸었다. 구글맵이 예상한 시간보다 한참 걸려 도착한 어학연수센터에서 몇 가지 서류에 서명하고 최종 등록을 마쳤다. 학기가 시작되기까지 앞으로 남은 기간은 2주. 그 전까지 집을 구해야 했다.

하와이에 오기 전에 미리 집을 계약하고 왔다면 편했겠지만 그럴 수 없는 사정이 있었다. 하와이에는 바… 바퀴벌레가 많다. 녀석들은 미국 출신답게 몸통은 성인 엄지손가락만 하고 다리는 롱~다리다. 심지어 날개가 장식이 아니다. 나무에 기어올라가 휙 날면 3층 주택까지는 거뜬히

침입한다고 했다. 다음카페 '하와이사랑'에 장/단기 렌트로 올라온 몇몇 집에 아주 조심스럽게 바퀴벌레 유무를 묻다가 이런 소리도 들었다.

－여기서는 부잣집도 바퀴벌레는 못 막아요.

다리가 많은 돈벌레 같은 건 어떻게든 잡겠는데 바퀴벌레는…. 녀석들을 죽일 용기도, 같이 살 배짱도 없어서 차선책으로 국내 1위 해충박멸업체에서 사용한다는 짜서 쓰는 바퀴벌레약을 사 왔다. 100원짜리 동전만 한 플라스틱 통, 일명 먹이 캡에 이 약을 콩알만큼 짜서 싱크대나 냉장고, 가스레인지 밑에 두면 녀석들이 먹고 자기네 집에 가서 토한단다. 그 구토물을 주변 녀석들이 먹어 연쇄적으로 박멸되는 원리라나. 보름에 한 번씩 약을 교체해야 효과가 있다는 말에 먹이 캡 서른 개와 바퀴벌레약 세 통을 챙겼다. 그걸로도 안심되지 않아 민간요법도 노트에 적어 왔다. 붕산 120그램＋밀가루 90그램＋설탕 10그램＋양파 반 개 간 것＋우유 한 수저를 반죽해서 당고처럼 동글동글하게 빚어 3일간 바싹 말린 후 사용하기.

가져온 약과 민간요법을 사용할 일 없는 집을 직접 보고 찾아내는 게 목표였다.

13th Avenue 가이무키 단독주택

독방 1. 욕실 별도. 2층. 유틸리티 포함. 월세 1,000달러.

→ 방은 작지만 깨끗하고 창문이 큼. 뷰 예쁨. 집주인 좋아 보임.

빅토리아 스트리트 아파트 8층

독방 1. 욕실 별도. 유틸리티 포함. 월세 800달러.

→ 방은 작지만 깨끗함. 창문이 작음. 집주인 상냥함.

와이키키 원룸

방 1. 욕실 1. 주차 1. 유틸리티 포함. 월세 1,000달러.

→ 볕이 들지 않음. 너무 지저분함. X.

○○○ 건물 원룸

방 1. 욕실 1. 주차 1. 마룻바닥. 유틸리티 비포함. 월세 1,300달러.

→ 시원하고 깨끗함. 1년 이상만 계약한다고 함. X.

맥컬리쇼핑센터 근처 원룸

방 1. 욕실 1. 주차 1. 수리 완료. 케이블/와이파이 가능.
월세 1,300달러.

→ 네 번 전화했는데 받지 않음. X.

집을 보고 돌아오면 까먹지 않게 장단점을 기록했다. 직
장 선배가 알려준 노하우였다. 처음 독립해서 살 집을 구
할 때 선배는 토요일도 마다하지 않고 함께 따라가주었다.
3호선 신사역에 있는 직장까지 한 번에 갈 수 있는 경복궁
역과 홍제역을 중심으로 원룸 전세를 찾았다. 선배는 부동
산 사장님에게 왜 세입자가 이사 가려고 하는지 물었고 보
러 간 집 상태를 나보다 꼼꼼하게 체크하며 이전에 본 집과
가격을 비교했다. 그러고는 부동산 명함을 나에게 건네며
명함 뒷면에다 집에 대한 정보를 까먹지 않게 적어놓으라
고 일러주었다. 그날의 경험이 하와이에서 혼자 집을 보러
다닐 수 있게 도와주었다. 한인 커뮤니티 사이트에서 조건
에 맞는 20여 곳을 찾았고 그중 절반을 직접 가서 보았고
그중 마음에 드는 집을 1위부터 3위까지 매겼다.

가이무키에 사는 김씨 아주머니 댁은 1순위였다. 아주
머니는 고등학생 때 이민 와서 50여 년을 하와이에서 살았

다. 작년에 단독주택을 리모델링해서 바닥부터 유리창까지 반들반들했다. 큰방은 본인이 쓰고 2층에 있는 작은방은 오랫동안 게스트룸으로 비워두었는데 옆 동네 사는 여동생이 빈방으로 놀리지 말고 세를 놓으라고 해서 한인 교차로 사이트에 올렸단다. 집값 비싸기로 유명한 하와이에서 이런 집을 소유하다니, 부럽다 생각하며 집을 둘러보는 사이 아주머니가 음료와 쿠키를 내왔다. 요즘 한국은 어떻게 돌아가는지 묻다가 그나저나 하와이에는 무슨 일로 오게 된 거냐고 질문의 방향을 내 쪽으로 돌렸다. 열심히 일한 나에게 안식년을 주고 싶어서 회사를 그만두고 왔다고 간략하게 대답했다. 얘기를 들은 아주머니는 내 나이가 몇 살인지, 결혼은 했는지 그런 건 전혀 궁금해하지 않으시고 그저 요즘 젊은이들은 진취적이라 멋있다며 웃으셨다.

몇 군데 집을 더 알아본 뒤 김씨 아주머니 댁으로 마음을 정하고 전화를 걸었다. 하지만 우리의 인연은 세입자와 집주인 관계는 아니었는지 아무래도 2층은 게스트룸으로 두는 게 좋을 것 같다는 비보가 돌아왔다. 며칠 뒤, 여름방학 동안 한국에 가 있으려고 세를 내놓은 대학생의 원룸을 보러 갔다. 바퀴벌레가 날아올 수 없는 13층이고 공간도 넓

가능한 불가능

고 하와이대학교와도 가깝고 마지노선으로 잡은 금액과도 딱 맞아서 바로 계약하자고 했다. 둘 다 자체적으로 계약서를 써본 적이 없어서 일단 각자 계약서 쓰는 법을 알아보고 다시 만나기로 했는데, 별안간 그 대학생에게서 문자가 왔다. 월세를 더 올려 내겠다는 사람이 나타나서 그와 계약하겠다고.

그때 나는 알라모아나비치공원에서 돗자리를 깔고 누워 있었다. 집을 다 구했다고 안도했는데 또다시 어그러지다니. 서울에도 하와이에도 집이 이렇게나 많은데 왜 내 집만 없는 걸까. 아무 상관도 없는 서울 부동산 현황까지 끌고 들어와 갖은 한탄을 해댔다. 읽고 있던 책이 머리에 들어오지 않아 책장을 덮고 눈을 감았다. 그늘을 통과해 시원해진 바람이 피부를 스치고, 규칙적으로 들려오는 파도 소리가 귓가에 맴돌았다. 아무 생각도 하기 싫어서 가만히 누워 있다가 그대로 잠이 들었다.

원래도 잠자리에 예민하지 않은 편이라 어디 놀러 가면 무던하게 자긴 하는데 하와이에서는 심지어 바깥에서도 제집처럼 잘 잤다. 나중에는 돗자리와 무릎 담요, 목 베개를 넣은 낮잠 가방까지 만들어두고 점심을 먹고 나면 한숨 자러 해변가로 나갔다. 손거울이나 립글로스 같은 건 들고 다니지 않아도 접으면 손바닥만 해지는 1인용 돗자리는 어딜 가나 꼭 챙겨 다녔다. 걷다가 쉬고 싶으면, 살짝 졸리면, 음식을 테이크아웃하면, 예쁜 장소를 발견하면 즉시 돗자리를 펼쳤다. 지금부터 여기는 제 공간입니다, 라는 영역 표시를 작고 네모난 돗자리가 톡톡히 해냈다. 주변 사람들은 돗자리 부근을 방해하지 않으려고 서로서로 조심했고 각자의 네모난 공간에서 각자가 하고 싶은 것을 했다. 하와이에 내 집은 없지만 밖으로 나가면 에메랄드빛 바다와 집채만 한 반얀트리, 널찍한 그늘, 살랑살랑 부는 바람, 건강한 자연광이 있었고 그사이에 돗자리만 펼치면 나만의 작은 땅이 생겼다. 하와이의 날씨는 생각을 밝고 긍정적으로 만드는 힘이 있었다. 돗자리에서 한숨 자고 일어났을 땐 다시 집을 찾을 만한 기운이 새싹처럼 올라왔다.

며칠이 지나 알라모아나비치 맞은편에 있는 아파트를 단기 계약했다. 숙박비가 무섭게 치솟는 성수기 전까지 살기로 했다. 창문을 열면 파란 바다가 한눈에 들어오고 아래를 내려다보면 자쿠지가 딸린 야외 수영장이 있었다. 아침에 일어나면 창밖을 감상하고 저녁에는 집에서 수영복

가능한 불가능

차림으로 내려가 수영하고 올라왔다.

　하와이대학교 어학연수 프로그램이 시작되었다. 10주 코스로, 평일 오전 8시부터 정오까지 문법, 듣기, 말하기, 통합 총 네 가지 수업이 50분씩 진행되고, 영어 실력에 따라 반이 배정되었다. 나의 실력은 뒤죽박죽이라 문법은 고급반, 말하기와 통합은 중급반, 듣기는 초급반이었다. 강의실은 이곳저곳이었는데, 이를테면 문법 수업은 인문대 C동 205호실, 듣기 수업은 사회과학대 A동 101호실 이런 식이었다. 캠퍼스 중앙을 가로지르며 강의실을 이동할 때마다 시간을 거슬러 다시 대학생이 된 것 같아 감개무량했다. 비록 배우는 수준은 'Have＋p.p.'에서 크게 벗어나지 못했지만, 마치 수능을 쳐서 어렵게 합격한 것처럼 나의 이름과 얼굴이 새겨진 학생증을 받고 들떠서 하늘을 배경으로 찍고, 잔디밭에 내려놓고 찍고, 학교 건물이 뒤에 걸리게 찍고, 학생증 인증 사진만 수십 장을 찍었다. 학생 때가 참 좋을 때다는 말을 공감할 수 있는 나이에 학생이 되니 정말, 정말 좋았다.

　같이 수업을 듣는 학생은 크게 두 부류였다. 교환학생으로 온 대학생과 휴직이나 퇴사하고 온 전/현직 직장인. 일본 여자대학교 학생들은 올해 막 입학한 새내기였고 개중에는 아직 생일이 지나지 않은 열아홉 살도 있었다. 그들과 나의 모국어에는 존댓말이 존재했지만 우리가 소통하는 영어에는 나이에 따라 높이거나 낮추는 말이 없었다. 그것이 주는 묘한 해방감이 있어서 누구와도 편하게 가까워졌다.

  내년이면 환갑이 되는 일본인 Y와는 수업 첫날부터 단짝이 되었다. 하와이와는 어울리지 않는 창백한 피부, 젊었을 땐 참 예뻤겠구나 싶은 크고 선명한 이목구비, 옆에 서면 키 작은 나조차 커 보이게 만드는 조그마한 키, 스몰 사이즈 티셔츠를 라지 사이즈처럼 만드는 왜소한 체구, 류머티즘 관절염으로 마디마디 구부러진 손가락까지 여러모로 그는 가장 눈에 띄는 학생이었다. 처음에는 엄마뻘 되는 나이 때문에, 나중에는 그의 학구열 때문에 존재감이 빛났다. 조금만 궁금해도 손을 번쩍 들고 질문하고 구부러진 손으로 볼펜을 쥐고서 꼼꼼히 필기했다. 한 번도 빼먹지 않고 해 온 과제에는 성의가 넘쳤고 반마다 한 명씩 대표를 뽑아 발표하는 어학원 행사도 마다하지 않았다.

Y는 도쿄에서 베이커리를 운영하는 제빵사였다고 했다. 이른 새벽에 일어나서 재료를 준비하고 빵을 굽고 판매하고 뒷정리를 끝내면 늦은 새벽이라 하루 서너 시간밖에 못 자는 생활을 오래 했단다. 몇 해 전 아버지가 돌아가시고 많이 힘들어하다가 일상을 유지하기 어려울 정도로 우울이 깊어져 결국 베이커리를 접고 딸이 있는 영국으로 갔다. 우울증을 이겨내려고 미술을 배웠고 졸업 작품으로 만든 의자의 사진을 내게 보여주었다. 하굣길에 우리는 여러 이야기를 나눴고 가끔 서로의 모국어도 가르쳐주었다. 점심을 먹기 전 내가 "잘 먹겠습니다"라고 천천히 발음하면 그가 "잘 먹겠습니다"라고 따라 하고, 식사를 마친 후 그가 "고치소사마데시타"라고 천천히 발음하면 내가 "고치소사마데시타"라고 따라 했다. 내가 눈을 가리키며 "메", 코를 가리키며 "하나", 입을 가리키며 "구치"라고 말하면 뭐가 웃긴지 그가 배꼽을 잡고 웃었다. 그러면 나도 내 배꼽을 잡았다. 낙엽 굴러가는 것만 봐도 까르르거리는 시절로 돌아갔다.

어릴 때부터 머릿속에 뿌리 박혀 있는 일본인에 대한 이미지가 있었다. 그들은 겉과 속이 다르며 진심을 내비치지 않는 사람들이라고 한목소리를 내는 여러 책과 미디어를 곧이곧대로 받아들였었다. 생각해보면 그런 사람들은 어느 나라에나 있는데 말이다. 하와이에서 만난 일본인 친구들은 속내를 감추지 않았고 아픈 가정사나 깊은 고민을 허심탄회하게 털어놓았다. 덕분에 나도 남들에게는 좀처럼 말하지 않았던 내밀한 콤플렉스까지 그들에게 꺼내 보일 수 있었다. 우리의 영어는 짧고 투박해서 위로의 말 대신 가만히 서로의 손을 잡아주고 어깨를 두드려주었다. 하와이를 더욱더 좋아하게 된 건 그들이 하와이에 있었기 때문이라고, 나는 늘 생각한다.

하와이에 온 지 한 달 반쯤 지나자 피부가 하와이안처럼 까매졌다. 동네를 얼마나 돌아다녔는지 구글맵을 보지 않아도 골목 구석구석이 훤했다. '808'로 시작하는 핸드폰 번호 열 자리는 툭 치면 "에잇오에잇 투오식스…" 하면서 자동으로 나왔고, 누가 이름을 물어보면 "썸머"라고 말하는 게 어색하지 않았다. 뭐가 50센트고 10센트고 5센트인지 헷갈려서 장을 보고 계산할 때마다 동전 뭉치를 죄다 손바닥에 올려놓고 계산원에게 내밀어 그분이 알아서 가져

가도록 했는데, 어느새 동전 계산도 똑똑 떨어졌다. 좋아해서 자주 가는 식당도 생기고 매직아일랜드공원에서 석양을 보는 저녁 루틴도 생기고 불꽃놀이와 함께하는 금요일도 생겼다.

매주 금요일 저녁 7시에서 8시 사이, 힐튼 하와이안 빌리지 리조트의 라군에서는 형형색색의 불꽃이 터진다. 객실 손님을 위해 힐튼 측에서 준비한 이벤트라는데 누가 봐도 외부인 행차가 주를 이룬다. 도시락을 싸 들고 온 가족부터 동네 주민, 다른 호텔에 묵는 여행객, 그리고 나까지 돗자리를 깔고 한 자리씩 차지했다. 한강의 불꽃축제에 비하면 규모도 스킬도 단출하지만 까만 밤하늘에 피융- 하고 올라가는 불꽃의 시작점까지 눈에 보일 만큼 가까워서 작은 탄성이 절로 나온다. 한 치 앞에서 터지는 불꽃은 앞머리를 태울 듯 눈앞까지 바짝 다가왔다가 물러나고, 그걸 하나라도 놓칠세라 눈 깜박이는 횟수를 현저히 줄이게 된다. 마지막 1분에 다다르면 남은 폭죽을 모조리 써버리겠다는 기세로 온갖 불꽃들이 쉴 새 없이 몰아친다. 매번 이 지점에서 나의 심장박동이 빨라졌다. 팡팡 터지는 진동이 사방에서 울려 퍼지면 마치 살아 있는 하와이가 마이크에 대고 '여러분, 지상천국에 오신 걸 환영합니다!'라고 소리치는 것 같아서 마음이 벌렁벌렁거렸다.

환영받는 기분. 이것은 하와이에 도착한 날부터 거의 매일 느낀 감정이었다. 처음에는 하와이에 왔다는 기분에 취해 그런가 보다 했는데 기분 탓이 아니었다. 어느 날 길을 걷다가 불현듯 깨달았다. 여기 사람들은 뭔가 다르구나. 눈이 마주치면 눈을 피하지 않는구나. 골목이든 해변이든 버스 정류장이든 엘리베이터 안이든 어디서든 누군가와 눈이 마주치면 인사를 하는구나. 모르는 사람에게 웃으며 "헬로", "하이", "알로하"를 건네는구나. 그것이 나에게는 환영 인사처럼 다정하게 다가왔다.

어색함을 극도로 싫어하는 나는 시선을 멀리 두고 길을 걷는 오랜 버릇이 있었다. 마주 오는 사람과 되도록 눈이 마주치지 않도록 말이다. 어쩌다 눈이 마주쳤을 때 재빨리 서로의 시선을 피하는 찰나가 왜 그리 민망하고 불편한지. 이제는 사람들 얼굴을 전혀 보질 않고 걸어서 내 옆으로 연예인이 지나가도 누가 가르쳐주지 않는 이상은 모른다. 그런 내가 하와이에서는 멀리 두던 시선을 맞은편 걸어오는 사람에게 두었다. 서로 눈이 마주치면 상대는 시선을 피하는 대신 "헬로~"를 건네니까. 내가 "하이~"로 답례하면 환한 미소를 돌려주니까. 우리는 일면식 하나 없는 사이지만 그렇다고 또 모른 척할 사이도 아니라는 느낌. 보이지 않는 가늘고 투명한 실로 서로서로 연결되어 있는 느낌은 편안하고 따듯했다. 한두 달이 지나자 나는 길 위의 모르는 사람들에게 먼저 눈을 마주치고 인사를 건네는 사람이 되었고 버스를 기다리는 사람과 스몰 토크를 할 수 있는 숫기도 생겼다. 그 무렵, 카피라이터 S가 회사를 그만두고 하와이로 놀러 왔다.

S를 처음 알게 된 건 광고회사에서 운영하는 대학생 프로그램에서였다. 선발 과제를 통과한 스무 명의 대학생이 세 팀으로 나뉘었는데, 그와 나는 한 팀이었다. 성격도 화법도 생활 방식도 정반대인지라 첫인상이 별로 좋지 않았지만 광고를 좋아한다는 단순한 공통점으로 가랑비에 옷 젖듯 친해졌다. 반년 후 프로그램이 끝나면서 다들 자연스럽게 멀어졌는데 어쩐 일인지 우리 둘은 대학을 졸업할 때까지 광고 공모전을 같이 했고 누가 시키지 않아도 합숙까지 하며 밤새 아이데이션을 했다. 공모전에서 수상하는 기쁨과 탈락하는 슬픔, 그 모든 순간마다 S가 함께였다. 대상

을 받으면 칸국제광고제에 보내주는 공익광고 공모전의 최종 심사에서 떨어져 내가 닭똥 같은 눈물을 떨어트린 날에도 S가 곁에 있었다. 그날 우리는 심사위원으로 나왔던 두 명의 크리에이티브 디렉터 이름을 외우며 꼭 그들보다 성공하자고 두 주먹을 불끈 쥐었더랬다. 그땐 왜 그렇게 광고가 좋았는지 맨날 입만 열면 광고 얘기뿐이었다. 이번 i30 광고 음악이 좋다는 둥, 이나영이 닌텐도 광고 모델이 됐다는 둥, '쇼를 하라 쇼' 광고가 재미있다는 둥, 'Talk Play Love' 애니콜 광고 카피가 너무 좋다는 둥. 남들은 보기 싫어서 휙휙 돌려버리는 그 광고가 우리에게는 이루고 싶은 꿈이었다. 그땐 그랬다.

수요일 오전 10시 40분에 S가 호놀룰루공항에 도착한다기에 4교시 수업을 째고 마중 나갔다. 비행기 기내에서 유심칩을 잃어버려 지나가는 여행객의 핸드폰을 빌려 문자를 보내는 거니까 답장은 하지 말고 입국장 출구 근처에 있는 벤치로 오라는 문자가 수업 중간에 와 있었다. 택시에서 내려 출구를 돌아다니며 행여나 길이 엇갈릴까 봐 졸아붙는 마음으로 벤치를 샅샅이 훑었다. 그때 저 멀리서 아는 얼굴이 한눈에 들어왔다. 안 본 지 겨우 한 달 반밖에 안

가능한 불가능

됐는데 왜 그리 반가운지 몇 미터 떨어진 거리에서부터 두 팔을 벌리며 S에게로 달려갔다. 평소에는 무뚝뚝하기 그지없는 그도 두 팔을 벌리며 달려왔다.

집에 캐리어만 던져놓고 곧장 와이키키비치로 가서 양 팔을 벌리고 서 있는 하와이 서핑의 영웅 듀크 카하나모쿠 동상 앞에 S를 세우고 인증 사진을 찍었다. 핑크 트롤리를 타고 알라모아나쇼핑센터로 가서 신선한 포케를 테이크아웃해 매직아일랜드공원에서 점심으로 먹고, 돌아오는 길에 월마트에 들러 군것질거리를 샀다. 골목길을 산책하다가 일본인 친구가 추천해준 루프톱 레스토랑에서 저녁을 먹고 집까지 걸어갔다. 길을 헤매지 않고 척척 다니는 나를 S가 휘둥그레진 눈으로 쳐다봤다. 그간 걸어왔던 길을 지도 위에 도장으로 찍는다면 아마 알라모아나 일대가 새까맣게 닳았을 것이다. 그렇다. 하와이에서도 나는 뚜벅이였다.

4년 전에 운전면허를 땄지만 그 뒤로 운전해본 적이 없어 다시 백지상태가 되었다. 서울은 세계 최고의 대중교통 인프라를 갖추고 있어서 지하철로 출퇴근하는 게 자동차보다 빠르고 비용도 훨씬 적게 든다. 주차할 곳을 찾아 헤맬 필요도 없고 기름값이 올라도 무사태평한 뚜벅이가 살기 편한 도시다. 굳이 운전을 안 해도, 주민등록증 대신 훈장처럼 운전면허증을 지갑에 넣고 다니며 신분증이 필요할 때마다 꺼내 쓰는 것만으로도 충분히 뿌듯했다. 그런데 하와이는 미국이고, 미국은 고등학생도 운전해서 등교하는 나라니까 혹시라도 집을 하와이대학교와 멀리 떨어진 곳으로 구하게 된다면 자동차를 렌트해야 할지도 모른다는 생각에 퇴사하기 직전에 남은 연차를 싹싹 긁어 모아 휴가를 내고 초보운전 연수를 열 시간 받았었다.

여기서 반전은 하와이 오아후섬의 대중교통이 서울 못지않았다는 것이다. 동에서 서까지, 남에서 북까지 시내버스로 못 가는 곳이 없었다. 어떤 구간은 다소 돌아가는 감이 없지 않았지만 내비게이션이 안내하는 최단 코스와는 다른 풍경을 볼 수 있다는 장점이 있었다. 게다가 60달러짜리 버스 패스권을 사면 모든 시내버스를 한 달간 무제한으로 이용할 수 있었다. 버스 앱 또한 어찌나 잘 되어 있는지 몇 번 버스가 몇 분 뒤에 오는지 알려줘 시간 맞춰 나가면 됐다. 버스가 다니지 않는 길은 뚜벅뚜벅 걸으며 어디에 뭐가 있는지 온몸에 새겨나갔다.

S와 여행을 떠난 이웃 섬 마우이에서 처음으로 운전 연수가 아닌 진짜 운전을 했다. 스무 살 때부터 드라이버였던 S가 아니라 내가 운전대를 잡은 건 올해의 '할 수 있어 프로젝트'가 '하와이에서 운전하기'였기 때문이다. 아반떼와 비슷한 크기라고 해서 고른 토요타 코롤라의 운전석에 앉아 안전벨트를 맸다. 시동을 걸고 브레이크에 놓은 오른발을 액셀로 옮겼다. 렌터카센터 주차장을 빠져나가 국도를 탔다. 내가 하와이에서 운전을 하다니! 불안하면서도 너무 설레서 심장이 떨렸다.

도로에 차가 많지 않아서 제한속도보다 느리게 간다고 클랙슨을 울리는 운전자도 없고 끼어들거나 앞지르는 차도 없었다. 운전한 지 10여 분이 지나자 이등병처럼 꼿꼿하게 세운 자세가 살짝 풀어지고 목에 깁스한 것처럼 정면만 보던 시선이 약간 넓어져 사탕수수밭으로 둘러싸인 풍경이 비로소 눈에 들어왔다. 집중력이 분산될까 봐 S에게 음악도 못 틀게 했는데 어느새 창문을 열고 바닷바람을 맞으며 히사이시 조의 'Summer'를 들을 수 있게 되었다. 380번 국도에서 30번 국도로 빠져나가 서쪽 해안도로를 달렸다. 나는 방향 감각만 없는 게 아니라 거리 감각도 없어서 50미터 앞에서 좌회전하라고 하면 얼마큼이 50미터 인지 몰라 아무 데서나 좌회전하는 대책 없는 인간이었는데, 그 수준에 딱 맞춘 내비게이션 안내원이 내 옆에 있었다. 좌회전하려고 깜빡이를 켜면 "아직 아니야"라고 알려주고 조금 더 가서 "지금 여기야"라고 지시해준 덕분에 한 시간을 달려 라하이나올드타운에 도착했다.

프론트스트리트에 즐비한 파스텔톤의 목조 건물은 올드타운이라는 이름이 무색할 정도로 색감이 예쁘고 이국적이라 여행 왔다는 기분에 흠뻑 젖어들게 했다. 가장 높은 건물이라고 해봐야 2층이라서 모든 건물이 사각지대 없이 공평하게 햇볕을 누리고 어디서나 드넓은 하늘을 볼 수 있었다. 그림을 전시하는 갤러리와 액세서리 가게, 상점들을 지나 저녁을 먹으러 부바검프레스토랑에 갔다. 새우 요리와 딸기망고주스, 생맥주를 시켰다. 주량이 세지 않은 S는 맥주 한 잔이면 기분이 딱 좋아질 정도가 되는데 오너 드라이버가 되고부터는 맥주를 곁들이는 저녁을 포기했었다. 보통 때라면 콜라를 마셨을 S가 맥주를 한 모금 들이켰다. 캬~. 바다 위로 붉게 물드는 석양을 바라보며 서로의 유리잔을 부딪쳤다. 두 주먹 불끈 쥐고 다짐했던 그

가능한 불가능

날의 성공을 이룬 기분이었다. 오늘이 지나고 내일이 지나고 내일모레가 지나도 가야 할 회사가 없고 해야 할 업무가 없는 이 순간이 그야말로 천국이고 성공이었다. 마지막 새우까지 꼭꼭 씹어 먹고 밖으로 나가 어두워진 밤거리를 산책했다. 하와이에서 가장 큰 반얀트리 아래서 열리는 축제를 구경하고 공기를 가득 채우는 라이브 음악을 듣고 있자니 술을 마시지 않았는데도 행복한 취기가 올라와 살짝 알딸딸해졌다.

마우이의 대부분 호텔은 바다와 가까운 섬 외곽에 있지만 우리가 예약한 숙소는 마우이의 배꼽이라 불리는 정중앙에 있었다. 내륙을 둘러보고 싶은 마음보다는 후기가 좋아서 선택한 거였는데 차도 렌트했겠다 한두 시간 정도 더 드라이브한다 치지 뭐, 했었다. 그런데 마우이가, 아니 하와이가 밤이 되면 그렇게까지 새까매지는지 전혀 몰랐다. 와이키키나 알라모아나 주변은 거리마다 가로등이 있었는데 마우이는 골목길은커녕 도로에도 가로등이 없었다. 있는 거라곤 도로와 밤하늘뿐이었다. 고속도로 바로 옆이 들판인지 낭떠러지인지 바다인지 분간할 수조차 없었다. 15년 차 드라이버인 S가 판단했을 때 이건 초보가 감당할 난도가 아니었고 하필이면 또 초행길이었다. S의 표정이 굳어졌다. 차라리 주변에 다른 자동차라도 있으면 십시일 반으로 불빛을 모아 어떻게든 시야를 확보할 텐데 여긴 밤 9시면 다들 집으로 들어가는지 다니는 차도 거의 없었다. 간간히 맞은편에서 달려오는 자동차는 하나같이 쌍라이트를 켰다. 그거라도 켜야 어둠에 잠식되지 않을 텐데 우리는 쌍라이트를 켜는 건 매너가 아니라는 교육을 받아온지라 미약한 전조등 불빛에만 의존하며 한 치 앞만 보고 달렸다.

달려도 달려도 어둠은 끝이 없었다. 그때 저 멀리서 경찰관이 차량을 검문하는 게 보였다. 서서히 속도를 줄여서 경찰관 앞에 멈추고 유리문을 내렸다. 뭐라 뭐라 빠른 영어가 들려왔다. "저희는 여행 왔고요, 숙소로 가는 중이에요"라고 천천히 대답했다. 또 뭐라 뭐라 빠른 영어가 들려왔다. "잠시만요, 여권 여기 있어요" 하면서 뒷자리에 있는 가방에서 여권을 꺼냈다. 경찰관은 건네는 여권은 받지 않고 내 얼굴과 S의 얼굴을 훑더니 웃으면서 그냥 가라고 손짓했다. 유리문을 올리고 액셀을 밟는 나에게 S가 "대체 뭐라는 거야?"라고 물었다. 뭐라는 건지는 나도 몰랐다.

대충 알아듣는 척하며 고개를 끄덕인 거였고 신원 증명이 필요하지 않을까 싶어 여권을 꺼낸 거였다. "야! 나는 네가 진짜 알아들은 줄 알았다." 나의 뻔뻔한 태도가 하도 어이없어서 계속 심각한 표정이었던 S가 웃음을 터트렸다. 근데 경찰관은 왜 웃었던 걸까. 그건 아직도 미스터리다.

나중에 S가 고백하기론 그날 차라리 맥주 한 잔을 마신 본인이 운전하는 게 더 안전할 것 같아 갓길에 차를 세우고 자리를 바꿀까 심각하게 고민했었단다. 그럴 일은 없었겠지만 만에 하나 그랬다면 S는 그 즉시 추방됐을 거고 미국 땅에 다시는 발을 붙이기 힘들었을 것이다. 그런 상황 속에서 나는 꽤나 침착하고 평온하게 운전했다. 옆에서 S가 내 몫까지 긴장하고 떠는 바람에 그를 걱정시키지 말아야겠다는 사명감이 있었달까. 운전 경험이 전무했던 것도 한 몫했다. 지금 상황이 초보운전자에게 얼마나 힘든 상황인지를 비교하고 판단할 레퍼런스가 없어서 그냥 그런가 보다 하며 달릴 뿐이었다. S가 불안하지 않도록 내일은 뭐 하고 놀 건지 한국으로 돌아가면 뭐 할 건지 쉴 새 없이 떠들었다. 밤 10시가 넘어 고속도로에서 샛길로 빠져나가 좁은 어둠 속으로 들어갔다. 내비게이션에서는 도착이라고 나오는데 집이라고 할 만한 형체가 보이지 않았다. 유턴해서 왔던 길로 돌아갔다가 들어왔다가 이리저리 헤매는 사이, 숙소의 주인아주머니가 버선발로 나와 이쪽으로 들어오라 며 우리를 불렀다. 마당에 차를 세우고 시동을 끄고 마침 내 땅을 밟았다. 아주머니는 인사가 끝나기 무섭게 기숙사 사감처럼 여기는 밤에 운전하기 힘드니까 내일부터는 해 지기 전에 일찍일찍 들어오라고 했다. 다음 날부터 우리는 기숙사 학생처럼 해지기 전에 일찍일찍 들어왔다. 그 규칙 은 훗날 빅아일랜드를 여행할 때도 계속됐다. 운전하는 날 에는 무조건 해가 지기 전에 일찍일찍 들어왔다.

한겨울에 태어났지만 여름을 가장 좋아하는 나는 하와 이에서 '썸머'라는 이름으로 불렸다. 이름과 사람의 인생 이 어느 정도 밀접한지 모르겠지만 확실히 한국에 사는 은 혜와 하와이에 사는 썸머는 달랐다. 은혜는 움직이기 싫어 하는 사람이었다. 회사에서 생긴 나의 첫 별명이 버섯이었 는데 한번 자리에 앉으면 좀처럼 움직이지 않는 습관을 간 파한 선배가 지어주었다. 3년 뒤 이직한 회사에서도 똑같 은 별명이 계속 따라다녔다. 일할 때는 화장실에 가려고 일어나는 동작조차 귀찮아서 물도 잘 마시지 않았다. 그러다 보니 활동적이기보다는 정적인 여가를 즐겼다. 몇 시간을 가만히 앉아서 영화 보고 책 읽고 친한 사람과 수다 떨고. 무엇보다 집에 있는 걸 가장 좋아했다. 우리 동네에 새로 생긴 편집숍이나 숨은 맛집, 잡지에 나온 게스트하우스는 하나같이 다른 동네에 사는 친구들에게 건너 들었다.

걷는 것보다는 앉아 있는 걸, 앉아 있는 것보다는 누워 있는 걸 좋아하는 사람이라도 하와이에서는 몸을 일으켜 밖으로 나가게 된다. 어느 길로 들어서건 금세 보석 같은 바다가 나타나고 반얀트리의 그늘은 너무 덥지도 춥지도 않은 딱 기분 좋은 온도를 만들어낸다. 배우 하정우가 그의 책에서 예찬했듯 모든 길이 걷기 좋아서, 움직이기 싫어했던 나조차 하루 만 보쯤은 가볍게 걸었다. 돌아다니다 보면 바다만큼이나 아니, 그 이상으로 아름다운 산이 많다는 걸 알게 된다. 산을 좋아하지만 직장을 다니고부터는 동네 뒷산도 1년에 한 번 갈까 말까 했는데 여기서는 랭귀지스쿨도 오전이면 끝나니까 주말이고 평일이고 할 것 없이 트레킹하러 갔다. 어떤 날엔 혼자서 한국 가이드북에 나온 코스를 트레킹하고, 어떤 날엔 일본인 친구들을 따라 새로운 코스를 트레킹하고, 나중에는 가이드북에 없는 코스를 영문으로 검색해 찾아다녔다. 길눈이 밝은 친구들이 데리고 다녀준 덕분에 이쪽으로 가는 게 맞는지 엉뚱한 길로 들어선 건 아닌지 주춤할 필요 없이 자신감 넘치는 발걸음으로 쭉쭉 나아갔다. 그러는 사이, 일본인 친구 K의 친구와도 등산하고 일본인 친구 R의 남동생과도 서핑하고 일본인 친구 S의 지인과도 야경 보러 가고 일본인 친구 W의 어머니와도 훌라를 췄다. 나는 내향적인 사람이야, 라고 말하면 친구들은 농담하지 말라며 웃어넘겼다. 누군가는 하와이에서 비염이 사라졌다던데 나는 낯가림이 사라졌다.

그렇다고 하와이에 사는 모든 사람이 외향적이고 활동적인 건 아니다. 한국 사람들이 모두 매운 음식을 잘 먹고 케이팝을 좋아하는 게 아니듯. 한국어를 전공한 하와이 토박이 P에게 물어본 적이 있다. 하와이에서 가장 좋아하는 바다가 어디냐고. 이건 현지인을 만날 때마다 물어보는 나의 단골 질문이었는데, 언제부턴가 그들이 가본 바다보다 내가 가본 바다가 더 많아지면서 더는 묻지 않게 되었다. 특히 P의 대답은 지금도 잊을 수 없다. 그는 바닷가에 안 간 지 2년이 넘었고, 그 2년 전에 갔던 마지막 바다는 영어

선생님을 하면서 지냈던 부산의 앞바다라고 했다. 왓? 잘 못 들은 줄 알고 "부산, 롸잇?" 하고 재차 확인했었다. 이번 주말에 뭐 했느냐고 안부차 물으면 하루 종일 누워 있었단 다. 좋아하는 맛집을 알려달라고 했더니 아웃백스테이크 하우스(!)를 말한 토박이 친구도 있었다.

하와이에도 집돌이가 있고 태어나서 한 번도 서핑을 해보지 않은 현지인도 많다. 엎어지면 코 닿을 곳에 바다가 있고 물도 깨끗한 데다 수온까지 온난해서 사계절 내내 서핑수트 없이 맨몸으로 서핑할 수 있는데, 대체 왜? 하긴 평생 서울에 살면서 남산서울타워에 안 가본 서울 토박이도 많으니까. 나도 서촌에 살면서 윤동주문학관에 안 가봤으니까. 그렇게 공감해보려 해도 대체 왜? 여긴 하와이잖아, 라는 생각이 떨쳐지지 않았다. 집을 알아볼 때 만난 아주머니도 하와이에서 산 세월이 내 나이보다 많았는데 서핑을 해본 적이 없다고 했다. 당신네 집에 하숙하는 미국인 청년은 본토 은행에서 일하다가 이곳으로 발령받아 온 지 1년이 넘었는데 하루도 빠짐없이 새벽마다 제 키만 한 서핑보드를 들고 와이키키비치로 가서 서핑하고 일하러 간다며 신기해했다. 게스트하우스에서 만난 M 언니도 미국

청년 못지않았는데, 아침에 눈떠보면 언니는 진작 서핑하러 나가고 없었다. 무비자 기간이 끝나 한국으로 돌아가기 전날에도 언니의 아침은 바다 위에 있었다. 아마도 우리는 알기 때문이었을 것이다. 우리가 아무리 하와이를 사랑해도 이 땅에서 평생 살 수 없다는 걸. 그래서 하루하루가 너무 소중하고 애틋했다.

하루는 밤에 불을 끄고 유튜브에서 하와이안 음악을 검색한 적이 있다. 여러 곡을 흘려듣다가 어느 곡의 도입부가 흐르는 순간 가슴이 찌릿하게 저려왔다. 분명 처음 듣는 곡인데 잊고 있었던 곡을 오랜만에 듣는 것처럼 마음 깊은 곳이 아렸다. 부드럽고 단순한 기타 선율을 타고 담담한 목소리가 흐를 때 나는 곧바로 알았다. 훗날 한국으로 돌아가 이 노래를 다시 듣게 된다면 나는 분명 지금 이 순간을 그리워할 거라고. 문득 하와이가 그리워지는 날이면 이 노래를 틀게 될 거라고. 그렇게 직감하는 순간 나는 미래로 내달려가 과거가 된 현재를 그리워하고 있었다. 미래의 어느 날에 느낄 그리운 감정이 지금 당장 고스란히 느껴져 하와이에 있는데도 하와이가 그립고, 지금 이 순간에 있는데도 이 순간이 아련했다.

I remember days when we were younger

나는 우리의 어린 시절을 기억해

We used to catch 'o'opu in the mountain stream

우리는 계곡에서 물고기도 잡고

'Round the Ko'olau hills we'd ride on horseback

말을 타며 코올라우언덕을 돌기도 했지

So long ago it seems it was a dream

마치 모든 게 오래된 꿈같아

Last night I dreamt I was returning

지난밤 나는 그때로 돌아가는 꿈을 꿨어

And my heart called out to you

그리고 나의 마음은 너를 불렀지

But I fear you won't be like I left you

하지만 나는 두려워. 이제는 내가 떠나올 때의 네가 아닐까 봐

Me kealoha ku'u home o Kahalu'u

사랑하는 나의 고향, 카할루우

은행 계좌를 열어 필요한 생활비를 꺼내 쓰고 마트에 가
서 찬거리를 사 와 요리해 먹고 내일 아침에 먹을 아보카

도샐러드를 만들어 미리 냉장고에 넣어놓는다. 다음 날 아침, 자전거를 타고 하와이대학교에 가서 수업을 듣고 카페테리아에서 점심을 먹고 도서관 야외 테라스에서 숙제를 한다. 집으로 돌아가는 길에 와이키키도서관에 들러 만화책을 빌려 온다. 암컷 물개가 카이마나 해변가에 새끼를 낳았다는 소식에 친구를 불러 물개를 보러 가는데 간 김에 스노클링을 하고 온다. 친구가 만들어준 점심을 한 그릇 싹싹 비우고 남은 음식을 냄비에 싸 와 빈 유리통에 담고 깨끗이 설거지한 냄비에 한국 과자를 담아 돌려준다. 누군가와 맛있는 식당에 가게 되면 친한 친구들을 데리고 또 가본다. 새로 개봉한 영화를 보러 가고 어둑해진 밤거리를 무서워하지 않고 다닌다. 걸어갈 수 있는 거리에 친구들이 살고 있고 매일 가는 나만의 장소가 있다. 매달 첫째 주 수요일에만 무료 관람할 수 있는 호놀룰루미술관을 다음 달에도 갈 수 있고 이번 주 금요일에 놓친 불꽃놀이를 다음 주에도 볼 수 있다. 나는 하와이의 생활자였다. 그러나 동시에 7개월 뒤면 돌아가야 하는 여행자였다. 그래서 매 순간 최선을 다해 현재를 즐겼다. 지금 이 시간이 다시는 못 올 시간이라는 걸 너무 잘 알아서.

3분의 1쯤 남은 샴푸와 린스, 보디샴푸, 여러 양념 소스와 남은 쌀, 원피스 몇 벌과 수건, 테이블, 프라이팬 등을 하와이에 남아 있는 친구에게 주었다. 예전에 친구들이 본국으로 돌아가면서 그들의 물건을 나에게 물려주었던 것처럼. 그 물건을 쓸 때마다 그들과 함께했던 추억과 하와이를 떠나기 아쉬워했던 친구들의 마지막 모습이 떠올라 종종 뭉클했었는데, 나의 물건은 하와이에 남아 어떤 추억을 떠올리게 할지 문득 궁금해졌다. 그리고 친구들이 본 나의 마지막은 어떤 모습이었을지도.

사람들이 자주 묻는다. 하와이에 가서 살고 싶냐고. 그럴 때마다 나는 아니라고 대답한다. 하와이를 사랑하고, 하와이에 가고 싶고, 또 갈 거지만 그곳에서 사는 삶 그러니까 생계를 유지하는 삶은 내가 하와이에서 누렸던 삶과 다를 것이라는 걸 알기에 농담으로도 그렇다고 대답할 수가 없다. 영어를 잘하지 못하는 내가 하와이에 정착하려면 무슨 일을 해야 하는지 안다. 광고회사에서 10여 년간 쌓아온 노하우와 카피라이터 능력이 전부 쓸모없어지는 그곳에서 맨바닥부터 시작해 맨몸으로 일어서야 하는 선택을 내릴 자신이 없다. 그때의 하와이가 좋았던 건 일을 하지 않았기 때문이고 알토란 같은 돈을 온전히 나를 위해 썼기에 가능했다고 생각한다.

그래서 나는 나에게 고마웠다. 그동안 성실하게 일해온 나에게 고맙고, 그 돈을 아끼지 않고 나에게 써줘서 고맙고, 하와이에서 내가 좋아하는 삶을 살 수 있게 해줘서 고마웠다. 그때의 고마운 마음이 지금까지도 나를 이끌고 있다. 예전에는 일을 잘하고 카피를 잘 쓰는 내가 되길 바랐다. 그러는 중에 찾아오는 고통은 당연한 거라 여겼다. 봄이 오려면 혹독한 겨울을 겪어야 하는 것처럼 고통을 순순히 받아들였다. 부담스러운 프로젝트를 받을 때면 위가 아파 아무것도 먹지 못하고 앓으면서도 끝까지 남아 일했다. 집으로 가는 택시 안에서 기사님께 양해를 구하고 뒷좌석에 누워 아픈 배를 끌어안으며 울었던 새벽을 잊지 못한다. 그럼에도 불구하고 마음에 드는 광고가 완성되면 뿌듯했고 기뻤다. 그게 나의 열정이었고 행복이었다. 그때가 틀렸다고 생각하지 않는다. 다만 지금 나는 변했고 삶을 대하는 자세가 달라졌다.

가능한 불가능

나는 다시 카피라이터로 일하고 있다. 1년 넘게 쉰 것이 무색할 정도로 금세 업무에 적응했다. 여전히 아이디어가 잘 나오면 기쁘고 안 나오면 괴롭다. 월요병도 느끼지 못하고 일하는 날이 있는가 하면, 겨우겨우 출근해 힘겹게 컴퓨터를 켜는 날도 있다. 기쁨과 고통을 오가며 일하고 있지만 그사이 달라진 것이 있다면, 나를 착취하는 내가 사라졌다는 것. 일의 열정은 되도록 근무 시간에만 집중적으로 쏟아낸다. 언제 나타날지 모르는 변덕쟁이 같은 아이디어를 밤낮없이 기다렸던 내가 이제는 하루에 200자 원고지 20매를 규칙적으로 쓰는 하루키처럼 주어진 시간을 밀도 있게 쓰며 아이디어를 낸다. 퇴근길에 한 시간 남짓 산책하며 상념이나 좋지 않은 기분이 집까지 쫓아오지 못하도록 날려 보낸다. '조금만 더'라는 일 욕심이 나머지 일상을 조금씩 갉아먹지 않도록 이 정도면 됐다고 마무리할 줄 알게 되었다. 악착같은 열정이 아니어도, 편안한 태도로도 좋은 결과물을 만들어낼 수 있음을 요사이 마주하고 있다. 평범해 보이는 지금 이 순간이 먼 훗날 되돌아보면 가슴 찡하게 그립고 소중한 시절이 될 거라는 걸 알아서 최선을 다해 내가 좋아하는 삶을 살아가려 한다.

서른다섯 살의 불가능

안녕하세요, 18학번입니다

04학번이 된 그해부터 이듬해 말까지 야학에서 중·고등 국사를 가르쳤다. 요새는 야학이라는 단어를 접할 일이 드물어서 그런지 그게 무엇이냐고 직장 후배들이 묻는다. 야학은 야간 학교의 준말로 정규교육을 받지 못한 성인들에게 검정고시 과목을 가르치는 곳이라고 간단히 설명해준다. 선배 L은 야학을 통해 아래로부터의 변혁을 꿈꾸었지만, 나에게는 거창한 목적의식이 없었다. 마침 대학생이 되어 동아리 활동을 하고 싶던 참에 친구 K가 우리 동네에 야학이 있다며 같이 가보자고 해서 갔다가 국사 과목을 지원하게 되었다. 그날 교무부장을 맡고 있는 공대생 오빠는 우리를 앉혀놓고 야학의 과거와 현재 그리고 우려되는 앞날을 얘기해주었지만 내가 알아들은 내용은 많지 않았다. 야학은 교사와 학생의 수직적인(혹은 계급적인) 관계를 지양하기 때문에 교사를 교사라 부르지 않고 '가르치면서 배운다'는 의미로 '강학',

학생은 '배우면서 가르친다'는 의미로 '학강'이라 부른다고 했다.

야학에 오는 학강은 대부분 어머니뻘이었다. 그래서 나는 그분들을 "어머니~"라고 불렀고 그분들은 나를 "선생님~"이라고 불렀다. 비록 야학의 정신이 담긴 호칭을 사용하지 않았지만 모두가 가르치면서 배우고 배우면서 가르쳤다. 어머니들은 교육보다 밥벌이가 먼저였던 가난한 시절을 한탄하거나 딸들에게는 배움의 기회가 야박했던 시대를 원망하지 않으셨다. 다만 배우지 못한 아쉬움이 가슴속에 오래 남아 응어리가 되지 않도록 행동에 나섰다. 가족들 아침밥을 차려주고 나가서 일하고 퇴근하면 곧장 야학으로 가서 저녁 7시부터 밤 10시까지 공부하고 집으로 돌아와 늦은 저녁을 먹고 눈에 밟히는 집안일을 끝낸 후 잠자리에 들었다가 다음 날 아침 일찍 식사를 차리고 일하고 밤마다 검정고시 공부를 했다. 살인적인 스케줄이었다. 그런데도 졸지 않고 시종일관 반짝이는 눈빛으로 수업에 집중했다. 그분들이 나와 동시대에 태어났다면 분명 원하는 대학에 입학해 장학금 받으며 다녔을 거라고 종종 생각했다.

어머니 P는 중등반 반장이었다. 출석하는 사람이 네다

섯 명 내외였지만 반장도 있고 부반장도 있고 생일자 다과회도 있고 체육대회도 있었다. 그는 결석하거나 지각하는 학강에게 연락하고 지난 수업의 진도를 일러주는 반장 역할뿐만 아니라, 수업 시간에 강학이 던지는 보잘것없는 유머에도 일일이 웃어주고 큰 소리로 대답하며 면학 분위기를 활기차게 만들었다. 잔업이 생겨 어쩔 수 없이 결석하는 날에는 집에서라도 짬짬이 교과서를 펼쳤다. 하루는 쉬는 시간에 어머니가 핸드폰으로 찍은 사진 한 장을 보여주었다. 영어 단어를 빼곡히 써넣은 손바닥만 한 종이가 싱크대 벽면에 붙어 있었다. 요사이 공부할 시간이 부족해 설거지하면서 외우고 있단다. 화장실 변기 옆에도, 안방 문짝에도, 들락날락하는 동선을 따라 영어 단어를 붙여놓고 수시로 들여다본다고 했다. 그렇게 외운 단어 중 상당수는 일하랴 살림하랴 바쁜 머릿속에 깊이 뿌리내리지 못하고 순식간에 휘발될 것이다. 겨우겨우 외운 단어도 손바닥 뒤집듯 배신할 것이다. 그런데도 실망하지 않고 새로 배운 단어를 굵은 볼펜으로 꾹꾹 눌러써 집 안 곳곳에 붙였다. 내가 중학교 1학년 때 포기한 영어를 어머니는 포기하지 않았다.

'공부에도 때가 있다'는 말을 실감한 건 고등학교를 막 자퇴한 남학생 H가 야학에 들어왔을 때였다. 겉모습으로 사람을 판단하면 안 되지만 차림새나 표정, 앉은 자세가 모범생과는 거리가 멀어 보였다. 첫 주에는 제시간에 오는가 싶더니 그다음부터는 번번이 지각하고 결석도 잦았다. 그런데 그 아이, 이해가 무척 빠르고 기억력이 좋았다. 수업 막바지에 오늘 배운 내용 중에서 별표를 쳤던 키워드(가령 '빗살무늬토기'라든가 '삼국사기'라든가)를 골라 어머니들에게 물으면 불 꺼진 방 안에 떨어진 바늘을 찾듯이 머릿속을 이리저리 더듬거리며 잡힐 듯 잡히지 않는 대답을 잡아보려 안간힘 쓰는 게 눈에 보였다. 그러다 운 좋게 바늘을 찾아내기도 했지만 아무것도 찾지 못할 때가 허다했다. 반면 H에게 물어보면 자판기처럼 대답이 바로바로 튀어나왔다. 십대 청소년의 왕성한 체력을 사오십대 중년이 따라갈 수 없는 것처럼 공부 머리도 마찬가지였다. H의 뇌는 열 개를 가르치면 열 개를 전부 흡수했다. 자세도 삐딱하고 그다지 열중하는 모습도 아니었는데 물어보면 모두 이해하고 있었다. 물론 어머니들 눈높이에 맞춘 수업이다 보니 일반 중·고등학교 수업보다 진도도 느리고 교수법도 쉬워 그럴 수 있겠지만, 우리 어머니들은 열 개를 가르치면 아홉 개를 곧바로 까먹으셨다. 꼬박꼬박 출석하는 어머니들보다 뜨문뜨문 출석하는 H가 기억하는 내용이 훨씬 많아서 내가 다 속상했다.

H가 수업에 빠지는 날이 점점 늘어갔다. 일주일에 한두 번 하던 결석이 두세 번이 되더니 두 달쯤 지나서는 아예 나오지 않았다. 반면 어머니들은 눈이 오나 비가 오나 한결같았다. 저녁 7시가 되면 야학으로 왔고 밤 10시까지 공부했고 오늘 배운 내용을 뒤돌아서면 까먹었고 그래도 좌절하지 않고 매일매일 공부하며 아주아주아주 조금씩 전진했다. 그리고 1년 뒤 국어, 영어, 수학, 사회, 과학, 국사 여섯 과목과 두 가지 선택과목까지 총 여덟 과목을 보는 검정고시에 합격했다. 그때 어렴풋이 깨달았던 것 같다. 공부에도 때가 있다, 여기서 '때'라는 건 '나이'가 아니라는 것. 스스로 공부를 해야겠다고 느끼는 시점이라는 것. 나이가 어려도 본인이 공부하기 싫으면 때가 아닌 거고 나이가 많아도 본인이 공부하고 싶으면 때라는 것.

때를 만난 어머니들의 공부는 검정고시로 끝나지 않았다. 중졸 검정고시에 합격해 고졸 검정고시를 준비하던 어머니 P가 시험을 앞두고 조심스러우면서도 들뜬 억양으로 말했다. 이번에 합격하면 방송통신대학교에 진학할 거라고. 본인은 중어중문학과, 어머니 J는 국어국문학과, 부반장인 아버님 P는 유아교육과. 전공도 벌써 정해놓았다. 놀랍고 기쁜 소식이었지만 그게 과연 가능할까, 하는 의구심이 들었다. 아무리 세 분이 우리 야학의 우등생이라도 검정고시 공부와 대학교 공부는 엄연히 다르니까, 온라인 대학이라도 대학은 대학이니까, 쉽지 않으실 텐데. 어쩌면 그냥 하시는 소리겠거니 했다. 내가 만년 토익 830점 맞을 거다, 세계 일주 할 거다, 라고 말하는 것처럼. 검정고시가 끝나고 합격 발표가 나기 전에 나는 휴학을 하면서 야학도 그만두었다. 나중에 교무부장이 된 친구 K에게서 건너 들었다. 어머니 P와 어머니 J, 아버님 P 모두 방송통신대학교에 입학했다고. 07학번 신입생이 됐다고.

그로부터 6년이 지난 2013년 어느 날, 여느 퇴근길처럼 교대역에서 2호선으로 환승하려고 무리와 섞여 걷고 있는데 전화가 울렸다. 핸드폰 화면에 아버님 P의 이름이 반짝였다. 잘못 걸린 전화라고 생각했다. 야학을 그만둔 이후로 연락이 오간 적 없고 몇 년 전 야학이 문을 닫으면서 가느다란 연결고리마저 끊겼기 때문이다. 아마도 바지 뒷주머니에 넣어둔 핸드폰 버튼이 잘못 눌렸거나 가방 안에서 핸드폰이 굴러다니다가 제멋대로 버튼이 눌렸을 거라 짐작했다. 그래도 혹시 모르니까, 수락 버튼을 눌렀는데 수화기 너머로 "은혜 선생님~" 하고 부르는 반가운 목소리가 들려왔다. 조건반사적으로 "아버님~!" 하고 대답했다. 그동안 어떻게 지냈는지 아픈 데는 없었는지 안부를 주고받았다. 그러고는 깜짝 소식을 들었다.

올 초에 유아교육과를 졸업했고 교육실습까지 무사히 마쳐 유치원 정교사 2급 자격증을 취득하셨단다. 다른 어머니들도 중어중문학과와 국어국문학과를 졸업하셨다고! 이어서 아버님이 말했다. 잘 가르쳐주셔서 감사했다고, 이 말을 꼭 하고 싶었다고. 야학을 다닐 때 선생님들에게 밥 한 끼 사주고 싶었는데 그때는 먹고살기 빠듯해 그러지 못한 게 늘 미안했다고. 결혼하거나 좋은 소식이 있으면 꼭 알려달라고 당부하셨다. 나는 사람이 없는 구석으로 가서 있는 힘껏 축하드린다고 외쳤다. 그리고 아직까지 나를 기억하고 기쁜 소식을 전해주셔서 감사하다고 인사했다.

하와이에서 돌아와 쉬고 있을 때, 문득 돌아오는 새해에는 대학에서 영어를 제대로 공부해보고 싶다는 마음이 들었다. 하와이에서 쓰고 배운 언어를 한국에서도 쓰고 배우며 그리운 하와이를 곱씹고, 언젠가 그곳으로 돌아갔을 땐 지금보다 유려한 언어로 그리운 사람들과 조우하고 싶었다. 무엇보다 생계를 위해 재취업하기 전, 그만두고 싶어도 그만둘 수 없는 직장인이 되기 전, 학생이라는 신분을 만끽하고 싶었다.

카피라이터 S에게 2018년에는 영어영문학을 전공할 거라고 말했더니 "하다 하다 이제 그것까지?" 하며 놀랐다. 진학할 대학은 고민할 필요 없이 방통대였다. 1월 9일까지 지원서를 내야 해서 신정을 쇠고 다음 날 동사무소에 가서 이전 대학의 성적증명서와 건강보험자격득실확인서를 발급받았다. 그해 방통대에는 재취업 준비 입학장학금이 신설됐는데, 자격 대상이 2년 이내 퇴직한 사람이었다. 작년부터 직장인 건강보험 자격이 상실됐다는 확인서를 동봉해 혜화동에 위치한 대학 본부로 가서 입학 서류를 접수했다. 보름 뒤 학교로부터 문자가 왔다.

－합격을 축하드립니다.

정원이 미달하는 경우가 많아서 불합격할 일은 없다고 들었지만, 경쟁률이 높고 낮음과 무관하게 합격이라는 두 글자에 두근거렸다. 가족과 친구들에게 기쁜 소식을 알리고 축하도 받았다. 방통대는 국립대라서 등록금이 일반 대학은 물론이고 웬만한 학원비보다도 저렴했다. 게다가 재취업장학금 10만 원까지 받아서 25만 원이 채 되지 않는 학비로 한 학기를 공부할 수 있게 되었다. 2018년 3월 2일, 나는 영어영문학과 18학번이 되었고 어머니, 아버님의 후배가 되었다.

14년 전의 나는 꽤 똑 부러지는 대학생이었다. 학점 관리에 빠삭해 동기들 졸업 학점을 계산해주고, 듣고 싶은 교양과목이 조기 마감되면 조교실에 찾아가 여분의 자리를 꿰찼다. 기대한 점수를 받지 못하면 되든 안 되든 이의 신청을 했고 대부분 원하는 점수를 받았다. 그랬던 내가 수강 신청부터 헷갈려 하마터면 입학하자마자 휴학생이 될 뻔했다. 나의 모교는 어리숙한 신입생을 위해 첫 학기는 전공과목과 교양과목을 알아서 짜주었는데, 여기도 그러려니 하며 넋 놓고 있다가 대학교 홈페이지에서 수강 신청이 종료됐다는 공지문을 발견하고 등골이 서늘해졌다. 얼른 학교로 문의했고 조만간 2차 수강 신청이 열리니까 그때는 절대 놓치지 말라는 안내를 받았다. 어리숙한 나는 추가 수강 신청이 열리기 10분 전부터 노트북 앞에 대기했다. 1학년 전공과목인 '영어회화1', 2학년 전공과목인 '영미산문', 3학년 전공과목인 '테스트영어연습', '영시읽기의기초', '영미아동문학', '영어권국가의이해'까지 오직 전공으로만 여섯 과목을 꽉 채웠다.

보통 사이버대학교는 학기가 시작되면 매주 하나씩 강의가 올라오지만 방통대는 학기 시작 몇 주 전에 15주 치 강의가 전부 올라온다. 그 말인즉슨, 한 주에 하나씩 들어야 하는 강의를 학기 막판에 한꺼번에 몰아서 들어도 되고 아니면 초반에 예습하는 마음으로 15주 치 강의를 전부 들은 다음, 한 주에 하나씩 차례대로 듣다가 막바지에 복습하는 차원으로 전체를 다시 들을 수 있다는 얘기. 그렇게 세 번씩이나 듣는 사람이 어디 있을까 싶지만, 있다. 세 번이 아니라 네 번, 다섯 번씩 듣는 사람도 있다. 바로, 어머니들이다. 그분들은 기말고사를 보기 전까지 강의를 최소 세 번씩 뗀다는 소문이 자자했다. 그러니 상위 5퍼센트에게만 주는 전액 장학금은 늘 어머니들 차지란다. 나도 왕년에는 성적우수장학금을 여섯 번이나 받아봤던지라, 어머니들을 제치고 전액 장학금을 차지해보리라는 승부욕이 발동했다.

　월요일부터 토요일까지 하루 한 과목씩 들으려던 계획은 첫 주 첫날부터 무참히 무너졌다. 침대에서 두 걸음만 걸으면 테이블인데 그 거리가 천 리 길이었다. 몸을 질질 끌고 어찌어찌 테이블 앞에 앉아도 노트북을 여는 데 한 세월. 그새 텔레비전을 보고 있다. 정신 차리자! 노트북을 열고 전원을 켠다. 켰으면 즉시 대학 홈페이지에 들어가 로그인하고 강의를 들어야 할 텐데, 손가락이 유튜브 주소를 입력하고 있다. 예능 영상 딱 한 편만 봐야지 해놓고 몇 시간째. 이렇게 정신이 흐트러진 상태로는 강의에 집중할 수 없을 것 같다. 그냥 내일 맑은 상태로 강의를 두 개 듣자, 하면서 노트북을 닫는다. 내일도 똑같이 반복된다.

　앉아, 엎드려, 기다려 훈련을 해낸 강아지에게 간식으로 보상하고, 하루에 할당된 수학 문제를 다 푼 초등 자녀에게 게임 30분으로 보상하는 당근 요법이 꼭 강아지와 아이들에게만 통하는 건 아니다. 좋아하는 과자를 잔뜩 사서 찬장에 쌓아두고 강의를 하나 끝내면 나머지 시간은 과자를 먹으며 뒹굴뒹굴 드라마 시청으로 보상했다. 스스로 원해서 하는 공부인데, 막상 수업을 들으면 재미있는데, 미루고 미루는 습관이 온몸에 덕지덕지 붙어 있어서 강의 영상을 클릭하기까지가 최대 난관이었다. 헬스장에 가기까지가 헬스를 하는 것보다 힘겨운 것처럼.

일상에서 자주 쓰는 영어 패턴을 익히는 '영어회화1'은 평소에 하던 공부와 비슷해서 곧잘 따라갔다. '영미산문'도 잘한 선택이었다. 외국 에세이를 즐겨 읽지만 어디까지나 한글 번역본으로만 보았던 내가 마틴 루서 킹 목사의 유명한 연설문 「I Have a Dream」을 원문으로 읽다니. 『동물농장』의 저자 조지 오웰이 버마에서 경찰로 근무할 때 발정 난 코끼리를 총으로 쏴야 했던 경험을 쓴 「Shooting an Elephant」와 헨리 데이비드 소로가 1845년부터 2년여간 월든 호숫가에 손수 오두막을 지어 자급자족하며 살아간 이야기를 담은 「Walden」 등은 강의가 아니었다면 혼자서 한 문단도 강독하지 못했을 것이다. 교수님이 떠먹여주다시피 해설해준 덕에 겨우 읽어놓고도 뿌듯함이 밀려왔다.

가장 좋아하는 과목은 '영미아동문학'이었다. 역사학자 필립 아리에스는 어린이라는 개념이 중세 시대에는 존재하지 않았다고 주장하는데, 12세기까지 중세 미술에는 어린이들이 그저 체구가 작은 어른으로만 묘사되고 어린이다운 특색이 없었다. 16세기 미술에도 어린이의 모습은 어른과 구별되지 않고 생활이나 노동, 징벌도 어른과 차별이 없었다고 한다. '어린이'라고 했을 때 지금 우리가 떠올리는 어린이만의 이미지와 개념은 비교적 최근인 17세기가 되어서야 나타났다고. '어린이'가 모든 시대에 불변하는 고정적인 개념이 아니라 시대에 따라 구성되어왔다는 이론은 신기하고 재미있었다. 아동문학이라고 해서 동화책만 읽을 줄 알았는데, 『이상한 나라의 앨리스』와 『작은 아씨들』, 『헝거게임』 등 다양한 소설 원문을 발췌해 한 문장씩 교수님과 함께 읽어나갔다.

앞의 세 과목은 매주 밀리지 않고 들었다. 하지만 나머지 세 과목은…. 두 시간 동안 가만히 앉아서 수업을 듣는 게 벌 받는 것처럼 힘들었다(교수님 죄송합니다…). 일반 속도로 들으면 자꾸 졸음이 쏟아져서 1.6배속으로 듣다가 그래도 집중이 안 돼서 일단 출석 체크라도 해놓자 싶어 동영상 강의를 음소거로 설정해두고 딴짓을 했다(교수님 죄송합니다…). 인터넷으로 검색했을 때 좋아하는 강의였다고 추천

하는 사람들이 많아서 신청한 과목이었는데 어째 나는 1강부터 고비였다.

강의는 아무 잘못이 없었다. 잘못이라면 3학년 전공과목을 절반 넘게 신청한 나에게 있었다. 수준이 높아도 너무 높았다. 하와이에서 (겨우 반년이지만) 어학연수도 했으니까 그 정도는 들을 수 있을 거라 자신을 과대평가하지 말았어야 했다. 온라인 대학이니까 난도가 낮을 거라 과소평가하지 말았어야 했다. 일상생활을 위한 영어와 학문을 위한 영어는 어휘부터가 달랐다. '영시읽기의기초'에서 배우는 셰익스피어 시대의 고전시에는 현실에서 사용하지 않는 고어가 쏟아졌다. you는 thou, your는 thy, 목적어 you는 thee, be동사 are은 art, do는 dost, did는 didst, have는 hast, has는 hath, had는 hadst, would는 wouldst, certainly는 Certes로 쓰였다.

우리 문학에서도 시를 가장 어려워하고 그중 고전시 관련해서는 사놓고 읽기를 포기한 책도 여러 권이었는데, 다른 언어의 고전시라니. 독해는 기본이고 이해, 공감 등 모든 면에서 따라가기 어려웠다. 영시 읽기의 '기초'라는 이름에 속았다. '영어권국가의이해' 또한 만만치 않았다. 교재에 실린 기사와 사설 원문은 한 문장 안에 아는 단어보다 모르는 단어가 훨씬 많아서 도무지 집중하기 어려웠다. 그런 수업을 가만히 앉아서 듣는 건 웬만한 의지력으론 불가능했다. 나의 의지력은 웬만한지라 까딱하면 딴생각하고 핸드폰 보기 일쑤였다.

언어학자 스티븐 크라셴은 '이해 가능한 입력input'이 외국어 습득의 핵심이라고 주장한 바 있다. 자신의 현재 언어 능력보다 '약간' 더 높은 수준의 언어($i+1$)를 접해야 언어 습득이 일어난다고 했다. 그래야 학습자가 입력된 언어의 대부분을 이해하고, 모르는 나머지 부분을 이해하려는 노력을 통해 언어 능력이 발전해간다고. 만약 자신의 현재 언어 수준보다 너무 높은 입력($i+2$)을 접하면 대부분을 이해할 수 없어 효과적인 공부가 될 수 없고, 반대로 현재 수준과 비슷하면($i+0$) 학습 의욕이 전혀 생기지 않는다는 것이다. 꼭 외국어가 아니더라도 무언가를 학습할 때 자신의 실력보다 너무 낮은 수준, 혹은 너무 높은 수준은 공부의 흥미를 떨어트릴 수 있다. 적어도 나는 그랬다. 이게 나만 어려운 건가, 다른 학생들은 어떻게 공부할까, 궁금할 즈음 출석 수업이 시작되었다.

방통대는 온라인으로 강의를 듣는 대학이지만, 오프라인 강의만이 줄 수 있는 혜택을 제공하려고 전공과목마다 한 학기에 이틀, 하루 세 시간씩 대학교에서 강의를 듣는 '출석 수업'을 한다. 직장이나 다른 사유로 출석할 수 없다면 시험으로 대체한다. 직장을 다니지 않는 나는 학교 가는 날이 소풍처럼 즐거웠다. 대학 캠퍼스라고 하기에는 교정도 없고 학부별 건물도 없고, 시끄러운 대로변에 있는 커다란 빌딩 한 채가 다였지만 공간 곳곳에 배어 있는 사람들의 공부 열기가 오랜만이라서 마냥 기분이 좋았다.

　3학년 전공과목 수업은 평일 저녁 7시부터 10시까지였다. 강의실에는 일을 막 마치고 온 것 같은 직장인도 있고 아이를 맡길 데가 없었는지 꼬마를 옆에 앉혀둔 젊은 엄마도 있고 자녀들을 다 키우고 공부하러 온 것 같은 우리 엄마 또래도 있었다. 어르신들 학구열이 보통 아니라고 익히 들었는데 같이 수업을 들어보니 진짜였다. 옆자리에 앉은 어머니 교재를 슬쩍 봤는데 밑줄이 잔뜩 그어져 있고 여러 번 넘겨 봐서 부피감도 있었다. 어머니, 아버지들은 강사님이 던지는 어려운 문장을 척척 해석하고 어려운 단어를 척척 대답해서 나를 반성하게 만들었다. 이십대부터 팔십대까지 다양한 연령이 모여 공부하는 곳이라 그런지 일반 대학에서 보지 못한 일도 일어났다.

'영시읽기의기초' 첫 출석 수업 때였다. 앞자리는 부담 되고 뒷자리는 칠판과 너무 떨어져 있어 중간보다는 살짝 뒤, 오른쪽 벽면 쪽에 앉았다. 나의 왼쪽 앞, 교실 정중앙 에는 팔십대로 보이는 할아버지가 앉아 계셨다. 자리를 잡 은 학생들이 가방에서 교재와 볼펜을 꺼내놓고 강사님이 오길 기다렸다. 나도 중고 사이트에서 주문한 새 책과 다 름없는 헌책을 꺼내 책상 위에 올렸다. 할아버지는 교재가 없었다. 평소 온라인 강의 때는 교수님들이 파워포인트로 준비한 강의록을 홈페이지에 올려놓기 때문에 그것만 봐 도 수업 진도를 따라가는 데 무리가 없었다. 아마도 할아 버지는 교재 없이 강의록만 보면서 공부하신 모양이었다. 하지만 출석 수업은 강의록이 따로 없어서 교재가 필수였 다. 아마도 할아버지는 옆자리에 앉은 학생의 교재를 같이 보다가 쉬는 시간에 필요한 부분만 복사하려고 하셨던 것 같다. 그런데 하필 그날따라 할아버지 옆에 아무도 없었 다. 자리를 옮길 새도 없이 강사님이 들어왔고 간단한 자 기소개를 마친 강사님은 곧장 본론으로 넘어갔다. 출석 수업이 끝나는 마지막 날에는 성적에 30퍼센트가 반영되는 시험을 보는데 교재 어느 부분에서 시험이 나올지 먼저 알려주고 나서 수업을 시작하겠다고 했다.

"4페이지에서문제하나나올거고요, 17페이지에서는첫번째지문에서나오고, 19페이지에서는지문둘다⋯."

속사포로 나열되는 페이지와 그 페이지를 체크하려고 바쁘게 교재를 넘기고 볼펜으로 표시하는 소리가 울려 퍼졌다. 순식간에 교재 한 권을 훑었다. 강사님은 이제 수업을 하겠다며 교재 92페이지를 펼치라고 했다. 그때, 할아버지가 다급하게 입을 열었다.

"거, 교수님. 다시 한 번만 말해주쇼."

강사님은 수업 흐름을 끊는 할아버지가 조금 귀찮다는 듯, "어르신, 지금은 수업할 거니까요. 이따 쉬는 시간에 다른 학우님들한테 물어보세요"라고 정중하면서도 단호하게 거절했다. 그때부터였다. 할아버지의 혼잣말 아닌 혼잣말이 시작된 건. 강사님이 어떤 시를 해석하면, 할아버지는 교탁까지 다 들릴 만한 목소리로 "해석이 그기 맞나?", "영 이상한데?", "그 단어는 그런 뜻이 아니지", "아니 왜 저걸 저렇게 해석하나?" 하면서 사사건건 트집을 잡았다. 앞자리에 앉은 사람이 주의를 주려고 고개를 돌려 할아버지를 쳐다봐도 아랑곳하지 않고 계속해서 혼잣말하셨다. 수업을 유지하려고 대꾸하지 않던 강사님이 결국 참지 못하고 대꾸했다.

"어르신, 왜 자꾸 수업 시간에 혼잣말하십니까? 뭐 불편하신 거라도 있으십니까?"

그제야 할아버지가 혼잣말을 멈췄다.

"아니, 교수님! 몇 페이진지 말해줄 수도 있지 그게 뭐가 어렵다고 얘기를 안 해줍니까!"

"어르신, 수업을 해야 하는데 그걸 물어보니까 그렇죠."

"그거 다시 말해주는 데 얼마나 걸린다고!!!"

"쉬는 시간에 다른 학우님한테 물어보실 수 있는 거잖아요."

"그렇다고 사람한테 무안을 줘!!!"

"그게 그렇게 속상하셨어요? 어르신, 제가 죄송합니다."

듣고만 있던 어머니, 아버지들이 한마디씩 끼어들기 시작했다.

"그렇다고 수업하는 데 꼭 그렇게 방해를 하셔야겠어

요?"

"아이고, 어르신~ 제가 이따가 쉬는 시간에 알려드릴게
요."

"교수님 수업하셔야 하는데 이게 뭐예요, 정말!"

삐진 할아버지와 그걸 무시하려 했지만 무시하지 못한
강사님, 그 사이에서 한마디씩 거드는 학생들, 한 편의 소
동극이 벌어지고 후다닥 마무리되었다. 서툴고 뜨거운 공
부 열정이 새내기 눈에는 그저 놀랍고 귀여웠다. 이런 식
의 소동은 다른 수업에서도 왕왕 일어났다.

어느덧 기말고사가 코앞으로 다가왔다. 학과 게시판에
일요일 특강이 2주간 열린다는 공지가 떴다. 오후 2시부터
8시까지 무려 여섯 시간 동안 진행되는 강의였다. 음소거
로 해놓고 출석 체크만 해둔 세 과목은 특강을 듣지 않으면
과락을 못 면할 거 같아서 주일예배가 끝나자마자 뚝섬역
에 있는 캠퍼스로 갔다. 강의실은 이미 학생들로 만원이었
다. 빈 강의실에서 의자를 가져와 앉았다. 튜터라고 불리
는 선생님은 마치 일타 강사처럼 지금까지 배운 내용 중 핵
심만 골라 요약해주고 몇 년 치 기출문제를 풀이해주었다.
우리는 앉아라도 있지 선생님은 일어서서 여섯 시간이었

다. 그런 선생님에게 뭔가 드리고 싶은데 드릴 게 없어서 수업을 마치고 교실 앞으로 나가 정말 감사하다고 인사를 드렸다. 밖으로 나오자 하늘이 어두웠다. 네 시간 뒤면 월요일이었다. 내일 출근해야 하는 사람들은 얼마나 힘들까. 아니 근데 다들 왜 이렇게까지 열심히 공부하는 거야?

　기말고사가 시작되었다. 6월 넷째 주 일요일에는 1, 2학년 전공 시험이 있고 다섯째 주 일요일에는 3, 4학년 전공 시험이 있었다. 시험 전날 문구점에 가서 컴퓨터용 사인펜을 사고 까먹지 않게 신분증을 미리 가방에 챙겼다. 시험은 서울 어느 고등학교에서 치렀다. 지하철에서 내려 학교로 가는 길은 수능시험 날의 분위기와 비슷했다. 옥수수를 파는 좌판부터 김밥을 파는 좌판까지 모두 컴퓨터용 사인펜을 팔고 있었다. 시험 시간보다 일찍 가서 학교 위치를 파악한 뒤 근처 커피숍에서 미처 다 풀지 못한 10년 치 기말고사 기출문제를 풀고 채점한 뒤 틀린 문제만 따로 체크해 한 번씩 더 보았다. 학창 시절에도 하지 않은 영어 시험공부를 하고 있다니, 순간순간 어이가 없어서 웃음이 났다. 전액 장학금을 받겠다는 초심은 사라진 지 오래고 그저 남은 시간만이라도 잘해보자 싶어 집중적으로 문제를 풀었다. 시험 시간에 맞춰 도착한 학교에는 계단과 복도 사이사이마다 사람들이 바닥에 엉덩이를 깔고 앉아 시험 공부를 하고 있었다.

시험관이 나눠준 OMR 카드에 2018로 시작되는 나의 학번 열두 자리를 표기했다. 앞사람이 넘겨준 시험지에서 한 장만 빼고 나머지를 뒷사람에게 넘겼다. 과목당 시험 시간은 35분. 아는 문제부터 풀고 모르는 문제는 나중에 다시 보려고 별표를 치고 넘어갔다. 정답 두 개가 헷갈리는 건 잘 찍길 바라며 느낌이 좋은 번호로 골랐다. 숨소리만 들리는 고요한 교실에서 모두들 한 학기 동안 했던 공부를 쏟아냈다.

두 번의 일요일이 지나 기말고사가 끝나고 성적이 발표되었다. 좋아하는 과목이라 매주 강의를 빼먹지 않고 들었던 1학년 전공 '영어회화1'은 100점, 2학년 전공 '영미산문'은 94점, 3학년 전공 '영미아동문학'은 92점을 받았고, 막판에 특강까지 들으며 벼락치기 한 3학년 전공 '테스트영어연습'은 90점을 받았다. 마찬가지로 특강까지 들었으나 끝내 따라가기 어려웠던 '영어권국가의이해'는 70점, '영시읽기의기초'는 68점으로 겨우 낙제를 면했다. 좋아하는 과목들이 선방해준 덕에 전액 장학금은 아니지만 성적우수 격려 장학금도 받았다. 26,800원.

영어영문학을 공부하고 나서 알게 되었다. 내가 하고 싶은 영어 공부는 학문이 아니라 회화나 독서 같은 생활 영어라는 걸. 그래서 망설임 없이 다음 학기에 자퇴했다. 앞으로도 영어 공부를 하겠지만 학문적으로 접근하는 일은 없을 것 같다. 방통대 합격률은 100퍼센트에 가깝지만 졸업률은 30퍼센트를 밑돈다고 한다. 그럴 만한 게 공부만 하는 보통 학생들과 달리 방통대 학생들은 모두 직장이나 육아, 살림을 병행하고 있다. 일하고 들어와서 강의를 듣는건 보통 의지와 열정으로는 쉽지 않은 일이다. 그런데, 열명이 입학하면 세 명만 졸업한다는 방통대를 어머니 P, 어머니 J, 아버님 P가 졸업하셨다. 그분들의 후배는 그저 숙연할 따름이다.

생각해보면 나는 배움에 대한 갈망이랄 게 별로 없는 사람이었다. 학창 시절에는 정규 과목을 공부하는 것만으로도 벅차서 따로 배우고 싶은 게 없었고, 대학에 입학해서는 광고 말고는 관심이 없었다. 무언가를 배우고 싶은 마음은 학생 때가 아니라 직장인이 되고 나서 생겼다. 사원 2년 차 때는 뭐라도 배우려고 서울대학교 평생교육원에서 진행하는 시 수업에도 등록했었다. 퇴근한 몸을 이끌고 지하철을 타고 중간에 내려서 버스로 갈아탄 다음, 쉬는 시간 없이 두 시간 동안 수업을 듣는 건 엄청 피곤한 일이었지만 무언가를 배우고 싶었다(비록 중도에 그만두었지만). 그때는 광고업계가 지금과 같지 않아서 잠자는 시간 빼고는 온종일 회사에서 일만 했었다. 그렇게 일하다 보면 어느 순간 내 안에 있는 무언가가 고갈되는 느낌이 들었다. 곶감 꼬치에서 곶감을 빼 먹듯 하나씩 하나씩 뽑아 먹히고 나면 달랑 꼬치만 남을 것 같았다.

이대로 소진되고 싶지 않다, 나 자신을 방치하고 싶지 않다, 지난날보다 괜찮아지고 싶다, 몰라서 저지르는 결례를 줄이고 싶다, 나의 가능성을 믿어주고 싶다, 성숙해지고 싶다, 한 치 앞만 보며 전전긍긍하고 싶지 않다, 생각을 넓히고 싶다, 멀리 보는 시야를 갖고 싶다, 더 나은 내가 되고 싶다. 그런 마음들이 배움을 갈망하게 만든다. 독서를 하고, 일 잘하는 선배들의 스타일을 따라 하고, 같은 말도 기분 좋게 하는 사람들의 말투를 배우고, 다른 사람의 얘

기를 유심히 듣고, 생각하고, 헤아려보고, 퇴근 후 공부를
하게 한다. 하루하루 차근차근 더 나은 내가 되고 싶어서.

서른여섯 살의 불가능

한국어를 배우는 한국인

개그맨 김영철과 미국인 타일러가 진행하는 라디오 코너 '타일러의 진짜 미국식 영어'에서는 청취자들이 궁금해하는 영어 표현을 매일 하나씩 가르쳐준다. 그날은 돈을 아껴 써야 한다고 강조할 때 쓰는 한국식 표현을 영어로는 어떻게 말하는지 묻는 사연이 왔다. 특별 게스트로 출연한 가수 제시와 타일러가 각각 아내 역, 남편 역을 맡아 청취자 사연을 읽었다.

타일러: 여보, 자동차가 고장 났어. 정비소에 맡겼는데 수리비가 꽤 나올 거 같아.

제시: 진짜? 이번 달에 자동차 보험료도 나왔던데. 돈 나갈 일이 너무 많다…. 우리 집 너무 가난해.

타일러: 아! 그리고 이것도….

제시: 뭐야? 주차위반 딱지? 당신! 정신 안 차려! 그 벌로 당신 용돈 10만 원 마이너스! 우리 지금부터 허리띠 졸

라…. 졸라?

사연을 읽다 말고 화들짝 놀란 제시가 김영철에게 "졸라, 돼요?"라고 물었다. '졸라'는 비속어라서 방송에서는 사용할 수 없는 용어인데 이걸 읽으라고요? 하는 충격이 느껴졌다. 제시가 '졸라'까지만 읽어서 당황한 김영철은 '졸라' 그다음 문장인 '매야'까지 읽으면 괜찮다고 수습했다. 타일러도 이건 다른 '졸라'라고 거들었고 그제야 제시가 나머지 문장을 읽었다.

제시: 우리 지금부터 허리띠 졸라…매야 되니까 각오해.
타일러: 아! 여보 그런 게 어딨어.
제시: 어디 있긴! 여기 있다! 왜!

'허리띠 졸라매야 해'가 그날 배울 표현이었다. 일단 읽으라고 해서 읽었지만 왜 '졸라'를 공중파 라디오에서 말할 수 있는지 도무지 이해 못 하겠다는 제시에게 김영철은 이 졸라는 그 졸라가 아니고 '졸라매다'라고만 반복할 뿐이었다. 그 순간 타일러가 재빨리 대본 뒷장에다 "바르다

　　　　　　　　　　　　　　가능한 불가능

→발라, 조르다→졸라"라고 써서 제시에게 보여주었고 제시의 가려움을 단번에 긁어주었다.

'졸라매다'는 '느슨하지 않도록 단단히 동여매다'라는 의미를 가진 복합어이다. '조르다'와 '매다' 두 단어가 합쳐지면서 '조르다'의 어간 '조르-'에 연결어미 '-아'가 붙었는데, 이때 '조르-'의 끝소리인 '르'가 탈락하고 'ㄹㄹ'이 붙어 '졸ㄹ+ㅏ'로 바뀌었다. 이런 현상은 규칙적이다. 오르다→올라, 부르다→불러, 타오르다→타올라, 그르다→글러, 조르다→졸라. 이것을 '르 불규칙 활용'이라고 한다. 한국인 김영철이 모르는 한국어 문법을 외국인 타일러는 알고 있던 것이다. 그날 방송 댓글에는 "타일러한테 한국어 다시 배워야겠다", "타일러보다 한국어 못할 자신 있다", "타일러가 웬만한 한국 사람보다 한국말 잘한다"는 반응으로 가득했다.

국어를 잘한다고 한국어를 잘하는 건 아니다. 특히 교육에 있어서 두 언어는 완전히 다르다. 국어 교육은 한국어가 모국어인 사람들을 대상으로 하지만 한국어 교육은 한국어가 외국어인 외국인을 대상으로 한다. 모국어로서의 한국어와 외국어로서의 한국어는 전혀 다른 언어이기 때문에, 외국인에게 한국어를 가르치는 교원이 되려면 한국 말을 잘하는 한국인일지라도 한국어를 새롭게 배워야 한다. 그래야 '졸라매다'를 '졸라(존나)'+'매다'로 착각하는 외국인 학습자에게 '졸라'는 '조르다'가 변형된 말이고 같은 유형으로 '발라'가 있다고 설명할 수 있다. 글자로 쓸 때는 '벚꽃'인데 발음할 때는 왜 '벋꼳'이냐고 물으면, 'ㅅ, ㅈ, ㅊ'이 받침으로 쓰이면 모두 'ㄷ'으로 발음된다고 가르쳐줄 수 있다.

카피라이터 선배 P는 '할 수 있어 프로젝트'의 자칭 팬이었다. 운전을 무서워하던 후배가 운전면허를 따더니 피아노를 배워서 'Summer'를 연주하고 영어 생초보에서 준중급으로 레벨업하는 모습이 기특하고 재미있었는지 이따금 프로젝트 진행 상황을 물어왔고 다음 도전에 대해 궁금해했다. 하루는 점심을 먹고 회사 라운지에서 쉬고 있는데 선배가 다가와 말했다. 올해 본인도 '할 수 있어 프로젝트'를 시작했다고. 그게 한국어교원 3급 자격증 취득이었다. 선배는 글로벌 브랜드를 전담하고 있어서 영어도 원어민처럼 능통했는데 훗날 광고계를 은퇴하면 외국인에게 한국어를 가르치고 싶다고 했다. 그때 처음으로 한국어를 가르치는 직업이 있다는 것과 한국어를 전공하는 학과가 있다는 것을 알게 되었다.

2019년을 맞아 한국어를 배우겠다고 결심한 동기는 선배 P와 같았다. 다만 목표하는 시기는 달랐다. 선배는 은퇴 후를 위해서였지만 나는 당장을 위해서였다. 재취업한 지 반년이 채 안 되었지만 가능하면 빨리 광고계를 떠나고 싶었다. 하와이에 있을 때까지만 해도 한국으로 돌아가면 당연히 광고회사에 취업할 거고 심지어 광고를 만들 생각에 가슴이 두근거렸는데 구직할 시간이 한두 달 앞으로 가까워 오자 극심한 스트레스에 시달렸다. 정작 회사 다닐 때는 힘들어도 힘든 줄 모르고 일했다. 좋은 광고를 만드는 게 어디 쉬운 일인가, 웬만한 노고와 불합리는 무던하게 넘겼다. 그러다 회사를 벗어나 일하지 않는, 완전히 평온하고 무해한 1년을 보냈더니 새삼 그 시절이 얼마나 힘들었는지 극명하게 다가왔다. 아이디어가 나오지 않아 초조하고 괴로웠던 밤들. 스트레스가 심해져 위통을 앓아도 내색하지 않고 일하다가 집으로 가는 택시 안에서 기사님께 양해를 구하고 뒷좌석에 누워 배를 끌어안고 울었던 새벽.

아픈 위장을 가여워하기보다는 일을 못 하게 만드는 방해물로 여겼던 날들. 광고주와 윗분들의 무리하고 무례한 요구에도 어떻게든 부응하려 했던 노력들. 내 아이디어가 선택되면 기뻤다가 어그러지면 좌절했던 순간순간이 주마등처럼 스쳤다. 그걸 다시 겪어낼 자신이 없었다. 지금까지의 평판이 하나도 통하지 않는 새로운 직장에서 처음부터 실력을 증명해가야 하는 시간이 두려웠다. 가장 두려운 건 내 자신이었다. 첫 직장의 제작팀 부사장은 최고 등급이 찍힌 인사고과표를 건네며 말했었다. 너는 스스로를 채찍질하는 타입이기 때문에 딱히 지적할 것도 보탤 말도 없다고. 그때 겨우 3년 차였다. 부담감을 내려놓고 팀장과 선배에게 기대도 될 연차였는데 그러질 못했다. 능력치 이상을 해내고 싶은 마음을 버리지 못했다. 또다시 그럴까 봐 두려웠다.

서른여섯이 되어서야 뒤늦게 진로 고민이 시작됐다. 고등학교 1학년 때부터 광고 말고는 하고 싶은 일이 없던 터라 그 일이 하기 싫어지니까 앞으로 뭘 해 먹고살아야 하나 막막했다. 집 근처 베이커리에 붙은 오전 타임 아르바이트 구인 공고를 보고 시급을 한 달 치로 계산해 그 돈으로 생활하는 미래를 그렸다. 오전에는 아르바이트를 하고 오후에는 글을 쓰면서 사는 모습이 좋아 보였다. 원래 검소하니까 알바비만으로도 내 몸 하나쯤 건사할 수 있을 것이다. 그런데, 딱 내 몸 하나만이었다. 지인 중 누군가가 결혼한다고 하면 축하하는 마음보다 축의금 나갈 걱정이 먼저일 듯싶었다. 다달이 나가는 기부금도 끊어야 하고 부모님께 용돈도 드릴 수 없다. 노후를 위한 저축은커녕 갑자기 전세금이라도 오르면 가족에게 손을 벌려야 했다. 오전만 근무하는 생활은 아직 무리다. 다른 일을 찾으러 동네 지방단체 구인란을 기웃거리고 새로운 직종을 알아보고 전직한 카피라이터들 소식을 주변에 물었다. 1년만 쉬고 광고계로 돌아가리라는 계획이 미뤄지고 미뤄져 1년 3개월이 지났다. 그렇게 방황하고 내린 결론은, 다시 광고회사로 가자, 였다. 찾고 찾아보니 역시 광고가 제일 좋아서가 아니라, 광고보다 좋아하는 일을 못 찾았기 때문이다. 내가 가진 능력 중에서 카피를 쓰고 아이디어를 내는 능력이 그나마 제일 뛰어났고 그래서 보수가 제일 괜찮았기 때문이다. 늘 하던 일인데 뭐가 그리 두려웠냐고 이해 못 하는 지인도 있다. 빨간약을 먹은 레오의 심경을 어떻게 설명한

담. 여하튼 지금도 계속 고민 중이다. 앞으로 무얼 해서 먹고살아야 할지 말이다. 광고보다 더 하고 싶은 일을 발견하면 주저없이 이 업계를 떠날 것이다.

한국어학과로 편입한 건 일종의 직업 탐색이었다. 한번 공부해보고 한국어 교원이 카피라이터보다 하고 싶어지면 기쁜 마음으로 회사를 그만두리라. 공부했더니 영어영문학처럼 잘 맞지 않으면 전공을 끝마치고 한국어 봉사를 하자. 이주민 여성에게 필요한 한국어를 가르칠 실력만이라도 길러놓자. 퇴사와 봉사, 두 마음을 품고 사이버한국외국어대학교 한국어학과 19학번이 되었다.

하와이에서 일본인 친구와 서로의 모국어를 가르쳐준 적이 있다. 먼저 일본인 친구가 본인 눈을 가리키며 "메ᵉ"라고 하면 내가 따라서 "메"하고, 귀를 가리키며 "미미ᵘᵘ"하면 내가 따라서 "미미" 했다. 눈, 코, 입, 눈썹, 손, 손톱, 팔, 발까지 일본어로 배우고 나서 같은 방식으로 한국어를 알려주었다. 내가 "머리" 하면 그가 똑같이 "머리" 했고, 얼굴, 눈, 코, 입, 손까지 곧잘 따라 했다. 그러다 탁 막힌 구간이 있었는데 바로 팔과 발이었다. 그는 두 단어의 발음

가능한 불가능

차이를 전혀 구분하지 못했고 '팔'도 '발'도 모두 "발"이라고 했다. 잘 들어보라 하고서 엄청 천천히 "파~알" 발음해봐도 돌아오는 건 "바~알"이었다. 옆에서 지켜보던 다른 한국인 친구가 자기가 해보겠다며 팔, 발을 아나운서처럼 똑 떨어지게 발음했지만 돌아오는 건 역시 발뿐이었다. 거참 희한하네. 우리의 언어 교환은 작은 미스터리만 남긴 채 끝났다.

미스터리가 풀린 건 '한국어말소리의이해' 수업 때였다. 일본인은 ㄱ, ㅋ, ㄲ / ㄷ, ㅌ, ㄸ / ㅂ, ㅍ, ㅃ / ㅈ, ㅊ, ㅉ 같은 예사소리, 거센소리, 된소리를 구별하지 못한다. 일본인뿐만이 아니다. 중국인, 미국인, 핀란드인 등 대부분 외국인이 그렇다. 왜냐하면 그들의 모국어에는 그런 소리가 없기 때문이다. 한국어 자음은 유기음^{有氣音}과 무기음^{無氣音}으로 소리를 구분한다. 말할 때 입에서 바람이 적게 나오는 예사소리(ㄱ)와 된소리(ㄲ)는 무기음, 바람이 세게 나오는 거센소리(ㅋ)는 유기음이다. 지금 입 가까이에 손바닥을 대고 'ㄲ'와 'ㅋ'를 말해보면 바람의 차이를 느낄 수 있을 것이다. 한국어는 바람의 세기에 따라 자음의 소리가 구분된다. 다른 언어는 어떨까? 일본어와 중국어, 영어 등

대부분 나라는 자음을 바람의 세기가 아닌 성대의 떨림으로 구분한다. 성대가 떨리는 유성음有聲音과 떨리지 않는 무성음無聲音으로 말이다. 영어 원어민에게 성대가 떨리는 'F'와 성대가 떨리지 않는 'P'는 완전히 다른 발음이라서 아무도 'Fork'와 'Pork'를 헷갈리지 않는다. 우리가 '팔'과 '발'을 또렷이 구분하는 것처럼. 하지만 한국인에게는 유성음에 대한 인식이 없다. 그래서 'Fork'도 'Pork' 둘 다 '포크'로만 들리고, 일본어의 킨킨ん金과 킨긴ん銀의 발음 차이를 구분하지 못한다.

1984년 UCLA의 음성학자 이언 매디어슨은 세계 317개 언어의 말소리를 분석했다. 그 통계에 따르면, 91.8퍼센트에 이르는 291개 언어가 무성음 특성을 갖고, 66.9퍼센트에 이르는 212개 언어가 유성음 특성을 가진다. 거센소리(유기음)는 91개 언어에서만 나타나고, 된소리(긴장음)는 단 3개 언어에서만 나타난다. 0.9퍼센트의 비율이다. 이렇게 한국어의 된소리는 매우 드물고 특이한 발음이라 외국인들이 아주 애를 먹는다. 프랑스인 룸메이트에게 방, 팡, 빵을 말했는데 세 단어의 차이를 구분하지 못하더라는 식의 일화가 심심찮다. 사실 까마귀를 가마귀라 말하고 학교

가능한 불가능

를 학교라 말하는 건 아무런 문제가 되지 않는다. 하지만 '팔을 다쳤어요'와 '발을 다쳤어요'처럼 발음에 따라 의미가 달라지는 경우라면 의사소통에 문제가 생길 수 있기 때문에 발음 연습이 필요하다.

학습자에게 입술 가까이 손바닥을 대고 직접 '프, 브, 쁘'를 발음해 입에서 나오는 공기의 세기를 느껴보게 한다. A4용지나 티슈 혹은 성냥불로 해보면 공기의 차이를 더 확연하게 느낄 수 있다. A4용지가 가장 많이 흔들리는 소리가 거센소리고 가장 적게 흔들리는 소리가 된소리, 그 중간이 예사소리라는 걸 알려주고 총, 종, 쫑/ 탈, 달, 딸/ 콩, 공, 꽁을 발음해본다. 교사가 말하는 소리를 듣고 턱인지 덕인지 떡인지 골라본다. 짝꿍과 번갈아가며 연습해본다. 한국어의 특징을 미리 알았다면 하와이에서 만난 일본인 친구에게 좀 더 쉽고 재미있게 팔과 발을 알려줬을 텐데 싶다.

처음으로 모국어가 아닌 언어를 접한 건 초등학교 고학년 때였다. 다니던 학교에서는 전교생이 단체로 어린이 신문을 구독했는데 거기에 실린 학습 문제를 가위로 오려 공책에 붙인 다음 풀도록 했다. 어느 날 아침에 펼쳐 든 신문에서 영어 알파벳을 만났다. 생경한 외국어가 회색 갱지에 선명히 새겨져 있었고, 그 아래에는 흐릿한 글자를 따라 쓰도록 네모 칸이 마련돼 있었다. 쓰기보다는 그리기에 가까운 모양새로 A, B, C, D를 하나하나 채워갔다. 예쁘게 잘 쓴다고 칭찬받던 글씨체는 알파벳 앞에서 먹통이 되었다. W를 한 번에 쓰지 못해서 연필을 내렸다 올리며 V를 그리고 그 옆에 다시 주춤주춤 V를 그렸던 기억이 아직도 선명하다.

알파벳에는 저마다의 이름과 발음이 있었다. A의 이름은 '에이' 발음은 '아/에', B의 이름은 '비' 발음은 'ㅂ', C의 이름은 '씨' 발음은 'ㅋ', D의 이름은 '디' 발음은 'ㄷ'. 와! 우리말은 영어 발음까지 다 커버하네?라는 자문화중심적인 생각을 그때는 했었다. 알파벳 발음과 우리말을 일대일로 매칭해 외웠고 'G=ㄱ', 'K=ㅋ'를 '1+1=2'처럼 자명하게 받아들였다. 살면서 이상하게 느껴지는 부분을 발견할 때도 있긴 있었다. 김씨의 김은 'ㄱ'인데 왜 Gim이 아니라 Kim이고 김치는 Kimchi인데 강남은 왜 Gangnam일까. 궁금하지만 그렇다고 대단히 궁금한 건 아니라서 그냥 그런가 보다 하고 넘어갔다.

가능한 불가능

김씨도 김치도 강남도 한글로는 모두 'ㄱ'인데 영어로는 K가 되었다가 G가 되는 건 영어가 가진 소리 중에서 두 개가 'ㄱ'과 가장 비슷하기 때문이고, 비슷하나 완전히 똑같지는 않기 때문이다. 처음 외국어를 배울 때 우리는 자신의 모국어에서 가장 비슷한 발음을 외국어 발음과 일대일 매칭한다. 그러면 이해하기 쉽고 외우기 편하다. 하지만 어디까지나 유사한 발음이지 동일한 발음은 아니라서 크고 작은 간극이 생긴다. 나의 이름을 영어로 변환하면 Shin Eunhye이다. '은'과 가장 유사한 알파벳 소리를 조합해 Eun을 만들었지만 Eun을 은이라고 발음하는 영어 원어민은 한 명도 없었다. 물론 hye도 혜가 아니다. 여권에 찍힌 Shin Eunhye를 보고 이건 어떻게 읽는 거냐고 물어보는 미국인도 있었다.

한국어는 자음이 19개, 영어는 24개, 일본어는 14개, 중국어는 25-26개다. 단순히 개수로만 따져도 서로 짝꿍이 모자라거나 넘친다. 모국어엔 있는 것이 외국어엔 없고 외국어엔 있는 것이 모국어엔 없어서 생기는 고충은 전 인류적이라는 점에서 약간 위안이 된다. 하루는 '한국어말소리의이해' 강의를 핸드폰으로 들으며 도서관에 가고 있는데 아주 흥미롭고 재미있는 내용이 나와서 걸음을 멈추고 동영상을 캡처까지 했다. 미래의 한국어 학습자(그리고 교사)에게 고충을 안겨줄 소지가 다분해 보였다.

다음을 소리 내어 읽어보자.

부부

앞 글자 '부'와 뒤 글자의 '부'는 같은 소리일까 다른 소리일까? 우리 귀에는 둘 다 똑같이 들리지만 외국인에게는 앞 글자 '부'와 뒤 글자 '부'가 다르게 들린(다고 한)다. 그래서 '부부'를 들리는 대로 알파벳으로 쓰면 'bubu'가 아니라 'pubu'다. 앞 글자 '부'는 성대가 떨리지 않는 무성음(P)이고 뒤 글자 '부'는 성대가 떨리는 유성음(B)이다. 앞서 말했듯 한국어 자음은 성대의 떨림으로 구별하지 않기 때문에 그것을 표기하는 문자도 따로 없다. 그러다 보니 유성음을 발음하고도 아예 인지하지 못한다. 반면 다른 언어권 학습자들은 '부부'가 다른 소리로 들리는데 한국인은 같은 소리라고 말해서 혼란을 겪기도 한다.

실제로 야후재팬의 Q&A 게시판에 한국어를 공부하는 일본인이 질문을 올렸다. 그는 '가구'라는 단어를 발음할 때 '가'와 '구'의 'ㄱ'이 서로 다른 소리인 'kagu'로 들리는

가능한 불가능

데, 한국인 친구는 자꾸만 '가구'의 'ㄱ'은 앞뒤가 똑같은 'ㄱ' 소리이고 'gagu'라고 설명해 자기 귀가 이상한 건지 정말 혼란스럽다고 했다. 일본인은 무성음과 유성음으로 자음을 구별하기 때문에 앞서 예로 든 '부부'처럼 '가구'도 '가'는 무성음(K), '구'는 유성음(G)으로 듣는다. 하지만 한국인은 그런 인지가 없기 때문에 '가'와 '구'를 똑같은 'ㄱ'으로만 느낀다. 이런 차이를 누군가 댓글로 알려주었고 질문자는 이제야 이해가 간다며 앞으로 더 열심히 공부해 한국어를 잘하고 싶다는 댓글을 달았다.

한 나라의 언어에는 시대와 문화, 역사, 사고방식, 사람을 대하는 태도까지 담겨 있다. '눈치'라는 단어가 우리말에만 존재하는 이유는 눈치를 봐야 하는 문화가 우리에게만 있기 때문일 것이다. 상대가 말하는 것뿐만 아니라 말하지 않는 것까지 표정과 몸짓, 인간관계, 분위기 등을 통해 유추해내는 한국어는 고맥락 언어이다. 상대가 속내와 다른 말을 해도 진짜 하고 싶은 말을 알아차리는 센스가 한국인에게는 있고, 그것을 정의하는 단어가 한국어에는 있다. '눈치'라는 단어가 다른 나라에는 없다는 사실을 처음 알게 되었을 때, 놀랍기보다는 부러웠다. 다른 나라 사람들은 눈치가 뭔지도 모른다는 거네? 눈치를 안 본다는 거네? 그렇게 생각하자 과거 여행에서 만난 몇몇 외국인들의 눈치 없는 행동이 이해가 되었다.

그 나라에 없는 말은 그 나라에 없는 개념이라 할 수 있다. 『아무튼, 외국어』를 읽다가 체코에는 열등감이라는 단어가 없다는 구절을 읽고 소스라치게 놀랐다. 어릴 적 프라하에서 살았던 일본 에세이스트 요네하라 마리는, 열네 살에 일본으로 돌아오기 전까지 '열등감'이라는 말을 들어본 적이 없어서 그런 감정이 무엇인지도 몰랐다고 한다. 심지어 체코에서는 '어깨 결림'이라는 말도 들은 적이 없다며, 말이 없으면 신체 감각도 없게 마련이라고 했다.

우리가 보편적이라고 여기는 감각이나 문화가 다른 언어권 사람에게는 정의조차 내릴 수 없는 수수께끼일 수 있다. 세계 각국의 외국인 유학생이 한국에서 겪은 가장 당혹스러운 일로 꼽는 한 가지는, '나중에 밥 한번 먹자'고 말해놓고 약속을 지키지 않는 한국인의 행동이다. 우리에게 '밥 한번 먹자'는 헤어질 때 사용하는 인사말 중 하나라서 밥 먹자 말해놓고 연락이 없어도 그러려니 한다. 그런 문화를 모르는 외국인은 문맥 그대로 받아들여, 약속을 지키지 않는 상대를 오해하거나 때론 상처를 받기도 한다. 그래서 외국인에게 한국어를 가르칠 때 한국어 발음이나 문법뿐만이 아니라 한국인의 정서, 문화, 예의 등을 함께 가르친다. 타일러는 어학당에서 정情에 대해 어느 정도 학습한 덕분에 집주인이 찾아와 김장 김치를 주었을 때 당황하지 않고 감사히 받았다고 한다.

한국어를 조금만 공부해보면 깨닫게 된다. 잘 안다고 생각해온 이 언어를 얼마나 모르고 있었는지. '올해 엘지가 우승할 거야'와 '올해 엘지는 우승할 거야'의 차이를 느낌적으로는 알지만 말로 설명하려니까 모르겠다. '아닌데?'와 '아니거든?'의 차이도 알지만 모르겠다. 어느 한국인 필자에게 프랑스인 친구가 물었단다. 한국인 여자친구가 어떨 때는 '아닌데?', 어떨 때는 '아니거든?'이라고 대꾸하는데 무슨 차이가 있냐고. 이걸 대답할 수 있는 한국인이 있을까. 친구 사이라면 '둘 다 비슷비슷해~' 하며 어물쩍 넘어가도 되지만, 한국어 교원이라면 그럴 수 없다. 한두 번은 그렇다 쳐도 매번 '비슷비슷해요~' 하며 넘어가는 선생님이라면 내가 학습자라도 싫다. 느낌적으로만 알고 있는 한국어를 구체적으로 알기 위해, 학습자가 가려워하는 부분을 긁어줄 수 있게, 한국어 문법을 공부한다.

한 달 전부터 공고된 '한국어교육문법의 지도법' 과제를 다음 주로 다음 주로 다음 주로 세 번 미루었더니 어느새 마감 날이 코앞으로 다가왔다. 그즈음 담당하는 통신사 브랜드가 신규 비즈니스를 론칭해 새 브랜드명부터 슬로건, 매니페스토까지 개발하느라 머리를 너무 써서, 주말이 되면 아무 생각도 하고 싶지 않아 외면한 결과였다. 과제를 안 내면 최소 D- 학점을 맞을 것 같다고 친구 K에게 말했더니 고맙게도 자기가 대신 해주겠다고 나섰다. 웬만한 과제면 양심을 버리고 부탁했을 텐데, 이건 한국어 문법을 모르면 한 글자도 쓸 수 없어서 정중히 사양했다. 친구는 일단 과제가 뭔지 말해보라고 했다. 대학 시절 리포트를 잘 썼고 필력도 좋으며 무엇보다 과목이 독일어도 불어도 아닌 한국어니까 어떻게든 할 수 있겠다 싶었나 보다. 얼른 과제 내용을 캡처해서 보내주었다. 친구에게 곧바로 답문이 왔다.

－아 미안, 못 하겠다.

1. '주말에 공부할 거예요'와 '주말에 공부하려고 해요'의 차이를 묻는 학습자에게 어떻게 답변을 하면 좋을지 '-(으)ㄹ 것이다'와 '-(으)려고 하다'의 제약과 특징을 중심으로 수업 현장에서의 교수 차원에서 서술하시오.

2. '배가 아파서 학교에 못 왔어요'와 '배가 아프니까 학교에 못 왔어요'의 차이를 묻는 학습자에게 어떻게 답변을 하면 좋을지 '-아/어/여서'와 '(으)니까'의 제약과 특징을 중심으로 수업 현장에서의 교수 차원에서 서술하시오.

3. '학교에 가고 친구를 만났어요'가 어색하고 '학교에 가서 친구를 만났어요'가 자연스러움을 이해하지 못하는 학습자에게 어떻게 답변을 하면 좋을지 '-고'와 '-어/아/여서'의 제약과 특징을 중심으로 수업 현장에서의 교수 차원에서 서술하시오.

주말을 꼬박 들여 A4 용지 네 장을 꽉꽉 채운 리포트를 제출했다. 강의를 들을 때는 머리로 다 이해했는데 글로 작성하려니 너무 헷갈려 언젠가 학습자에게 똑같은 질문을 받는다면 제대로 설명할 자신이 없었다. 오늘 그때 쓴 리포트 파일을 열어서 읽어보았다. 이해가 잘되었다. 그런데 지금 여기에다 간략하게 풀어서 쓰려니 머릿속이 엉키고 문장이 갈팡질팡해 쓰고 지우기를 수차례 하다가 결국 지워버렸다. 교재를 보지 않으면 나 자신에게조차 설명하지 못한다. 그런 내가 누굴 가르친단 말인가.

어려운 것을 쉽게 설명하고 두루뭉술한 것을 명확하게 교수하느냐 아니냐에 따라 잘 가르치는 선생님과 못 가르치는 선생님으로 나누곤 했었다. 학창 시절, 같은 과목도 어떤 선생님이 맡느냐에 따라 면학 분위기가 극명하게 달라졌는데, 과학을 싫어하는 나조차 생물 과목을 좋아하게 만든 선생님이 있었다. 전형적인 부장님 같은 모습으로 시답잖은 농담도 없이 50분 내내 수업만 했는데, 설명하는 것마다 이해가 쏙쏙 돼서 졸지 않고 말똥말똥 들었다. 반면 쉬운 것을 복잡하게 설명하는 선생님, 들으면 들을수록 무슨 말하는 건지 모르겠는 선생님, 교과서를 앵무새처럼 읽는 선생님, 학생이 이해했는지 안 했는지는 관심도 없고 진도만 나가면 그만인 선생님도 많았다. 선생님이 되고 싶다는 꿈을 품은 적은 없지만, 만약 된다면 그런 선생님은 되고 싶지 않았다.

　성격이 차분하고 낮은 목소리 톤에 조곤조곤 말하는 편이라 가르치는 일을 잘할 것 같다는 얘기를 자주 들었다. 같은 내용도 내가 설명하면 설득이 되고 이해가 잘 돼서 물건을 팔아도 아주 잘 팔았을 거라는 우스갯소리도 있었다. 한국어를 전공하려는 마음만 품었을 때까지는 막연히 나도 괜찮은 선생님이 될 수 있겠다 싶었는데, 공부하면 공부할수록 과연 내가 한국어 교원이 될 수 있을지 의문이다. 한국어를 배운 지 햇수로 3년이 되는 지금까지도 모르는 것투성이고 배워야 할 게 산더미다. 5학기 동안 배운 내용 중 여기에 쓴 것은 반의 반의 반도 되지 않는데, 그것조차 온전히 체화하지 못해서 글을 쓰다가 교재를 들춰보고 글을 쓰다가 교재를 들춰보기를 반복했다. 이번 학기에는 태어나서 처음으로 F 학점도 받았다. 이런 내가 실습을 할 수 있을까.

　한국어학과는 필수과목을 이수하면 실습할 자격이 주어진다. 교육학과에서 교직 이수를 하면 교생실습을 나가는 것처럼, 현장 강의를 참관하고 오프라인 모의수업을 한 다음, 실제 외국인 학습자들 앞에서 수업을 진행한다. 집에서 컴퓨터로 전공 강의를 듣고 중간/기말고사 보는 것까지는 하겠는데, 교탁 앞에 서서 한국어를 가르칠 자신은 도무지 없어서 (영어영문학과에 이어 두 번째로) 자퇴를 하려고 했다. 실습을 통과해 자격증을 취득하는 일도, 한국어교원은 고사하고 한국어 봉사조차도 나에게는 불가능해 보였기 때문이다. 그러다 불현듯 불가능하다면 '할 수 있어 프로젝트'로 해야 하는 거 아닌가 하는 생각이 들어서 자퇴 대신 한 학기 휴학을 했다. 아마도 내후년의 프로젝트는 한국어교원 2급 자격증 따기가 될 것 같다.

공부할 때마다 느낀다. 한국어는 너무 어렵다. 그러다 보니 상대적으로 지금 하고 있는 광고 일이 쉽고 편하게 느껴질 때가 있다. 마음 편한 직업을 탐색하려고 시작했는데, 한국어 교원도 마음 편한 직업은 아니겠구나 싶다. 친구들과 대화하다 보면 모든 직업에는 각자만의 고충이 있다는 걸 깨닫는다. 카피라이터는 카피라이터대로, 교사는 교사대로, 변호사는 변호사대로, 디자이너는 디자이너대로, 프리랜서는 프리랜서대로 어렵다. "세상에 멋진 일이란 없다, 그 일을 멋지게 해내는 사람이 있을 뿐이다"라는 어느 카피처럼, 아마도 스트레스 없는 직업은 없을 것이다. 스트레스 없이 일하는 사람이 있을 뿐. 그런 생각이 들면서 카피라이터도 할 만한 직업이라고 새삼스레 느끼는 요즘이다. 이것이 한국어 공부의 순기능이려나.

서른일곱 살의 불가능

아무튼, 글쓰기

신정 때까지만 해도 괜찮았다. 여느 해처럼 엄마가 끓여준 떡국을 먹고 나이도 한 살 먹었다. 기이한 바이러스가 중국 어느 도시에 퍼지고 있다는 소문이 간간이 인터넷에 돌았지만, 검증되지 않은 가짜 뉴스가 워낙 많은 세상인지라 가볍게 무시했다. 며칠이 지나자 정체불명의 바이러스가 우한 폐렴이라는 구체적인 이름으로 뉴스에 등장했고 며칠이 더 지나서는 국내에 첫 확진자가 발생했다는 속보가 나왔다. 구정이 되기도 전에 마스크를 쓰고 다녀야 하는 상황으로 급변했다. 미세먼지 때문에 한 박스 구비해두었던 KF94 마스크를 챙겨 들고 부모님 댁으로 갔다. 외출 시 반드시 마스크를 써라. 손으로 눈과 코를 절대 만지지 마라. 집에 들어오면 즉시 화장실로 가서 손과 발을 비누로 꼼꼼히 씻어라. 이런 얘기를 하며 명절을 보냈다.

다음 주면 괜찮아지겠지, 그다음 주가 이번 주가 되면

그다음 주면 괜찮아지겠지, 그렇게 매번 일주일 뒤를 희망
적으로 내다보았다. 개학 일주일 전 개학을 한 주 연기하
기로 교육부가 결정을 내렸다. 학교 선생님들 사이에서는
4월 중순까지 연기될 수 있다는 말이 오간다고 선생님인
K가 전해왔다. 와, 사람들 상상력 진짜 풍부하다, 라고 생
각했다. 지진으로 수능이 일주일 미뤄졌을 때도 얼마나 말
이 많았는데 개학을 한 달 넘게 미룬다고? 일어날 수 없는
일이었다. 지진이나 태풍 같은 천재지변은 사람의 힘으로
막을 수 없지만 바이러스는 모두가 합심해 청결을 유지하
고 외출을 삼간다면 충분히 막을 수 있다고 굳게 믿었다.
일주일 미룬 개학이 세 차례 더 미뤄지더니 결국 온라인으
로 개학하는 일이 벌어졌다.

안녕하세요.

○○ 출판사입니다.

의논할 일이 있어 메일을 드립니다.

작가님 에세이를 6월 초에 출간하는 일정으로 진행해오
고 있었는데,

코로나로 인해 지금 상황과 작가님의 책이 맞지 않을 듯

가능한 불가능

하여 고민이 깊습니다.

잠시 보류해두었다가 전 세계가 어느 정도 일상성을 회복하기 시작할 때,

그때 출간하면 어떨지요.

우울한 때에 즐거운 소식을 드리지 못해 죄송합니다.

2020. 3. 26.

○○ 출판사 드림

하루가 멀다 하고 예상치 못한 일이 벌어지고 있었지만, 코로나가 이런 식으로 나에게까지 영향을 끼칠 줄은 몰랐다. 뭐라 답장을 써야 할까. 아무 말도 떠오르지 않아 멍하니 읽은 메일을 읽고 또 읽었다. 출간을 준비하던 에세이는 2017년 직장을 그만두고 1년간 안식하면서 느끼고 생각하고 경험한 이야기를 담고 있었다. 하와이에서의 일상이 가득 묻어 있어 카테고리를 분류한다면 여행 서가에 꽂힐 가능성이 높았다. 확실히 지금 출간하기에는 적절치 않아 보였다. 그럼에도 마음이 아리는 건 어쩔 수 없었다. 어서 빨리 전 세계가 일상성을 회복하길 두 손 모아 간절히 바

랐다.

모두 한마음이었을 것이다. 여름이 되면 독감처럼 코로나바이러스도 수그러들 거라는 추측에 실낱같은 희망을 걸었다. 팀장님은 여름휴가 때 가족들과 가려고 작년부터 준비한 캐나다행 항공권을 해약하지 않았고, 제주도에서 막 창업한 친구는 여행객에게 대여할 피크닉 물품을 추가로 구비했다. 직장 후배는 결혼식을 봄에서 가을로 변경했다. 그즈음이면 내 책도 출간될 수 있지 않으려나, 가느다란 기대를 꽈악 붙잡았다. 그때는 한참 미래라고 생각했던 오늘(2022년 여름)까지도 코로나가 끝나지 않을 줄은 정말, 정말 몰랐다.

직업이 카피라이터라고 하면 으레 글을 잘 쓰겠거니 생각한다. 반은 맞고 반은 틀리다. 카피라이터는 여러 종류의 글 중 카피를 잘 쓰는 것이지 모든 글을 잘 쓰는 건 아니기 때문이다. 100미터 단거리 육상 선수와 마라톤 선수가 쓰는 근육이 완전히 다르듯 카피를 쓰는 능력과 책을 쓰는 능력 또한 다르다. 10년 전에 담당했던 화장품 브랜드에서 다큐멘터리 콘텐츠를 기획했을 때가 떠오른다. 오랜 연구

가능한 불가능

끝에 개발한 세포 모사 성분이 피부 재생력을 개선시킨다는 내용을 담아야 했다. 해외 유명 다큐멘터리 업체를 알아보았고 기획 의도를 전달했다. 기획팀은 최대 3분으로 구성하면 어떻겠냐고 했다. 여기서 다큐멘터리팀과 광고제작팀의 반응이 극명하게 갈렸다. 우리에게 3분은 15초 광고를 열두 편이나 만들 분량이었고 그 정도면 카피가 아니라 스크립트였다. 길어도 너무 길었다. 다큐멘터리팀은 더욱 난감해했다. 그들이 만들어온 다큐멘터리는 보통 90분이 넘었기 때문에 3분이면 오프닝 영상 분량밖에 되지 않는 셈이었다. 고작 3분 안에 무얼 보여줄 수 있단 말인가. 양쪽 팀에게 크나큰 고통을 안길 뻔한 프로젝트는 천만다행으로 엎어졌다.

최근 작업한 커피 광고의 15초 카피는 총 43자였다. 햄버거 광고는 46자, 배달앱 광고는 47자, 가전 광고는 25자. 책으로 치면 한두 줄 정도밖에 안 된다. 지금 쓰고 있는 이 한 문장만 하더라도 띄어쓰기를 빼고 세어보면 31자니까. 눈 깜빡할 시간, 그 15초에 담길 카피를 쓰려고 맨바닥부터 제품을 공부하고 차별화 포인트를 찾아내고 시장 트렌드를 연구하고 타깃 인사이트를 고민하고 이 제품만이 말할 수 있는 무언가를 찾아 생각을 이 끝에서부터 저 끝까지 헤집다가 희미한 실마리라도 잡히면 그쪽을 향해 밀어붙인다. 머릿속에 어렴풋이 윤곽만 드러난 콘셉트를 언어로 뾰족하게 다듬으며 이렇게도 써보고 저렇게도 써보고 한 글자 한 글자 끌로 파며 키 카피 한 줄을 뽑아낸다. 200자 원고지의 4분의 1도 안 되는 몇 글자 때문에 몇 날 며칠 머리에 쥐 나도록 고뇌하는 자신을 보면 때때로 이게 뭐 하는 짓인가 싶을 때도 있다.

이렇게 나온 카피와 아이디어를 가지고 제작팀 미팅을 하고, 거기서 살아남은 것만 추려 기획팀 미팅을 하고, 거기서 살아남은 것만 추려 광고주 실무에게 보고하고, 거기서 살아남은 것만 추려 광고주 대표에게 보고한다. 물론 중간중간 수정 사항을 반영하고 방금 수정을 끝냈는데 전혀 상반된 피드백이 추가되기도 한다. 윗분 한마디에 전부 어그러져 처음부터 다시 하는 경우도 부지기수다. 여러 라운드를 거쳐 살아남은 단 한 편만이 온에어 되니까 사실상 서바이벌 오디션을 모든 프로젝트마다 하는 셈이다.

후배들을 북돋아주고 싶어서 광고는 정답이 없으니까 네 아이디어가 틀렸다 생각 말고 자신감을 가지라고 말해왔다. 하지만 알고 있다. 맞고 틀리고는 없지만 좋은 아이디어, 그보다 더 좋은 아이디어, 그보다 더더더 좋은 아이디어가 존재하는 세계라는 걸. 내가 쓴 카피보다 저 사람이 쓴 카피가 더 좋고, 저 사람이 낸 아이디어보다 내가 낸 아이디어가 더 좋을 수 있다는 걸. 가장 좋은 결과물을 만들기 위해 여러 사람이 모여 각자 내놓은 아이디어를 보면서 뭐가 좋은지 뭐가 아쉬운지 무엇을 살리고 무엇을 버릴지 의논한다. 그렇게 오랫동안 일하다 보니 나의 것은 물론이고 타인의 것을 보며 좋다, 안 좋다 가르는 습관이 생겼다. 광고를 만드는 동안에는 그게 업무라 쳐도, 에세이를 읽거나 트위터, 페이스북을 보다가도 그러는 건 문제가 있었다. 그러지 말아야지 하면서도 누군가 SNS에 남긴 기록을 보면 잘 썼네 못 썼네, 판단했다. 도둑이 제 발 저린다고 내가 그러니까 남들도 그러리라는 생각이 들어 개인 블로그에 글을 남기기 꺼려졌다. 2012년 6월부로 써왔던 모든 글을 비공개로 닫았다. 개인적으로 쓴 글만큼은 누군가에게 평가받고 싶지 않았고 못 썼다는 말을 들으면 아물지 않는 상처가 될 것 같았다.

그럼에도 불구하고 글을 쓰고 싶은 순간은 자주 찾아왔

다. 주로 에세이를 읽을 때였다. 좋은 사람을 만나면 나도 좋은 사람이 되고 싶은 것처럼 위로되고 공감되고 따뜻하고 유쾌한 문장을 만나면 쓰고 싶다는 마음이 강하게 일었다. 하지만 선뜻 용기가 나지 않았다. 사람들이 별로라고 하면 어떡하지, 하며 아직 일어나지 않은 일부터 우려했다.

2017년 퇴사한 그해, 광고를 하지도 보지도 생각하지도 않는 일상을 보냈다. 하와이에서 돌아왔다는 소식을 전해 들은 선배들이 카피 프리랜서 업무를 요청했지만, 정중히 사양했다. 내년 3월까지는 일하지 않겠다고 결심했기에 온종일 하고 싶은 것만 하며 보냈다. 아침 일찍 일어나 옥상에서 일출을 보고, 새로운 재료로 요리하고, 반질반질하게 집을 가꾸고, 읽고 싶은 책을 읽고, 아무 때나 산책하고, 드라마를 한꺼번에 몰아보고, 사랑하는 사람들을 위해 기도하고, 아무런 근심 없이 잠들었다. 나날이 마음이 말개졌다. 잘 쓴 카피를 보면서 느꼈던 질투도, 더 잘 쓰고 싶다는 욕심도, 잘 썼다고 인정받고 싶은 욕구도 차츰차츰 흐려졌다. 그랬더니 쓰고 싶어졌다.

이른 점심을 먹고 과일 도시락을 싸서 가방 맨 아래 넣고 텀블러, 노트북, 노트북 충전기를 착착 세워 담아 어깨에 멨다. 인왕산 자락길을 따라 30분쯤 걷다가 한옥 도서관으로 빠졌다. 더 가까운 도서관이 있지만 기왕이면 운치 있는 한옥에서 선비처럼 쓰고 싶어서 매일 그곳으로 갔다. 평일 한적한 시간에 자연에 둘러싸여 서너 시간씩 글을 쓰고 돌아가는 날에는 산자락을 타는 발걸음이 신나서 동동거렸다. 어떤 날에는 나에게 이런 재능이 있었나 싶게 술술 써지고, 어떤 날에는 괜찮아 보였던 문장이 구려 보이고, 어떤 날에는 썼다 지웠다만 반복하다가 한 문장도 나아가지 못하고 돌아오기도 했다. 그런데도 쓰고 싶다는 마음이 강해서, 오랜만에 용기를 낸 마음이 소중해서 계속 썼다. 차곡차곡 써 내려간 문장이 계획한 원고 분량의 70퍼센트 정도 채워졌을 때 출판사에 투고 메일을 보냈다.

책을 출간하는 방법은 크게 두 가지다. 원고 청탁을 받거나 원고 투고를 하거나. 유명 저자나 SNS 인플루언서라면 가만히 있어도 출판사에서 먼저 출간 제안을 한다. 좋은 책을 만드는 것만큼이나 팔리는 책을 만드는 것도 중요하니까. 그들의 인지도와 팔로워는 그 자체로 강력한 마케팅 수단이다. 광고업계에도 히트 광고를 만든 크리에이티브 디렉터에게 청탁이 들어오는 경우가 종종 있다. 인지도도 팔로워도 없다면 직접 출판사에 문을 두드리는 방법이 있다. 출판된 모든 책의 마지막 장 판권 면에는 출판사의 이메일 주소가 적혀 있는데 그곳에 샘플 원고와 출간 기획서를 보내면 된다.

2018년 4월, '에세이 원고를 투고합니다'라는 제목으로 메일을 보냈다. 써놓은 원고에서 세 꼭지만 추려 샘플 원고를 만들고, 책 제목과 부제, 기획 의도, 주요 독자층, 책의 콘셉트, 저자 소개, 원고 진행 상황, 예상 목차를 작성해 출간 기획서를 완성했다. 회사에서 숱하게 광고 기획서를 만들어왔는데 출간을 제안하는 기획서는 처음이라 구글에 '출간 기획서'를 검색해 사람들이 올려놓은 워드프로세서 형식을 참고했다. 광화문 교보문고에 가서 나의 에세이와 결이 비슷한 책을 골라 마지막 페이지에 있는 이메일 주소를 적어 왔다. 그날 밤, 내일 오전 8시 30분에 출판사 메일함에 발송되도록 예약 메일을 보냈다.

안녕하세요.
△△ 출판사입니다.

가능한 불가능

저희 출판사에 원고를 보내주셔서 감사드립니다.

보내주신 원고는 감사히 잘 보았습니다만

내부에서 검토 결과,

저희 출판사 성격과는 조금 다른 것 같아 출간은 어렵겠습니다.

성격이 맞는 출판사에 투고해보시길 권해드립니다.

만족스러운 답변을 드리지 못해 송구스럽습니다.

다음번에 다른 기회로 만나 뵙기를 희망합니다.

2018. 4. 12.

△△ 출판사 드림

메일을 보내고 보름쯤 지나 출판사로부터 반려 메일이 왔다. 여섯 군데 보냈는데 메일이 온 곳은 두 군데. 나머지는 묵묵부답으로 거절 의사를 표명했다. 합격 아니면 탈락밖에 없는 서바이벌 오디션에 다시 참가한 기분이었다. 나는 탈락이었다.

그 순간 떠오른 사람은 우습게도 두 명의 거장이었다. 조앤 롤링과 스티븐 킹. 어떻게 열두 번이나 해리 포터를 거절당하고도 열세 번째 투고할 수 있었나요. 거절 쪽지를 꽂아둔 못이 무게를 감당할 수 없을 정도로 반려당하고도 어떻게 계속 투고할 수 있었나요. 어떻게. 어떻게. 어떻게. 마음이 이렇게 무너지는데. 무너진 마음을 일으킬 수 없는데. 저는 왜 이 정도밖에 안 되는 걸까요. 소설도 아니고 시도 아니고 에세이인데 그것조차 잘 쓰지 못하는 걸까요. 자책하고 자책했다.

반려 메일을 받은 당일 오후, 현재 다니고 있는 광고회사의 본부장님과 입사 면접을 봤다. 다음 날 합격 문자를 받고 임원 면접을 진행했다. 며칠 뒤 합격 문자를 받고 연봉 협상을 했다. 근로계약서에 서명하고 1년여 만에 재취업을 했다. 카피라이터는 카피를 잘 쓰면 되지, 그렇게 위안하며 노트북에 저장된 미완성 원고를 덮었다.

계절이 다섯 번 바뀌었다. 업무도 익숙해지고 동료도 편해졌다. 퇴근길에 식재료를 사서 저녁을 해 먹고 근무 시간보다 일찍 퇴근하는 날에는 극장에 가서 한가로이 영화를 보았다. 날씨가 좋으면 지하철역 한 정거장 전에 내려 집까지 걸어가고 친구들과 매달 독서 모임을 했다. 종종 인왕산 자락길을 따라 한옥 도서관까지 산책하다 돌아왔다. 일과 삶이 조화로운, 원하던 일상이었다. 그런데도 가끔씩 원고를 생각하면 가슴 한쪽이 먹먹했다. 그러던 여름 휴가 마지막 밤, 거절당한 후로는 차마 열어보지 못한 '원고작업중.doc' 파일을 클릭했다. 쭉 읽었다. 읽는 동안 글을 쓰던 당시의 맑고 건강한 기운이 전해졌다.

멈춰 있던 문장을 이어 쓰고, 고치고 싶은 문장을 고치고, 쓰고 싶은 새로운 꼭지를 추가했다. 방금 일하고 돌아왔는데도 피곤한 줄 모르고 써 내려갔다. 새벽까지 쓰고 출근한 날에도 컨디션이 좋았다. 오히려 활력이 돌고 별다른 일 없이 기분이 좋았다. 이번에는 미완성으로 남겨두지 말자고 다짐했다. 쓴 원고 중 세 꼭지만 추려 샘플 원고를 만들고 기획서를 다시 썼다. 빼곡한 글씨로 채운 워드프로세서 형식은 내가 봐도 읽기 불편해 보여 평상시 아이디어 회의를 할 때 어떤 의도로 크리에이티브가 나왔는지 설명하는 방식으로 PPT를 작성하고 서체가 깨지지 않게 PDF로 변환했다. 광화문 교보문고에 들러 출판사를 고르고 뒷장에 인쇄된 이메일 주소를 적어 왔다. 그날 밤 다섯 출판사에 메일을 보냈다. 내일 오전 8시 30분에 발송되는 예약 메일로. 노트북을 덮고 침대에 누웠다. 누우면 금세 잠이 드는 평소와 다르게 그날은 한참 뒤척이다 잠이 들었다.

안녕하세요. XX 출판사 담당자님.

저는 9년 차 카피라이터 신은혜입니다.

원고를 투고하고자 메일을 드립니다.

투고하려는 원고는,

생계형 카피라이터가 1년 치 연봉과 맞바꾼

'일하지 않는 삶'에 대한 에세이입니다.

(네, 대부분 사람들이 투고를 보낸다는 그쪽 분야입니다;;)

출간 기획서와 샘플 원고를 첨부했습니다.

바쁘실 텐데, 잠시 시간을 내어 읽어주시면 정말 감사하겠습니다.

좋은 하루 보내세요!

2019. 9. 4.

신은혜 드림

출근하자마자 컴퓨터를 켜고 보낸 메일의 수신확인부터 체크했다. 어라, 벌써 네 군데서 확인했네! 한 시간 뒤, 한 출판사에서 전체 원고를 검토하고 싶다는 답메일이 왔다. 점심때쯤, 또 다른 출판사에서 전체 원고를 보내달라는 문자가 왔다. 닷새 후, 또 다른 출판사에서 전체 원고를 읽고 싶다는 연락이 왔다. 써놓은 원고를 보내고 며칠이 지나 네 출판사 중 두 곳으로부터 죄송하다는 거절 메일을, 두 곳으로부터 직접 만나고 싶다는 연락을 받았다. 그리고 마지막으로 만난 출판사와 2019년 가을에 출간 계약을 했다.

'출판권 및 배타적 발행권 설정 계약서'라는 이름의 네 장짜리 서류는 나를 '갑'이라고 지칭했다. 갑이라는 단어가 낯설고 어색해서 계약서를 읽는 내내 몸 둘 바를 몰랐다. 마지막 페이지에 서명하고 대략적인 출간 날짜를 의논할 땐 마치 막 인쇄된 따끈따끈한 책을 두 손으로 만진 것마냥 벅차올랐다. 기존에 썼던 원고를 다듬고 아직 쓰지 않은 나머지 원고까지 채워 완고를 보낼 즈음 계절이 겨울로 바뀌어 있었다. 보름만 지나면 2020년이었다. 얼른 내년이 왔으면 좋겠다고 생각했다.

그로부터 4개월 뒤, 출간을 보류하자는 출판사의 이메일을 받았다.

하와이에서 돌아와 쉬면서 글을 쓸 때 아주 잠깐 이런 생각을 했었다. 오전에는 아르바이트를 하고 오후에는 글을 쓰며 살아가면 어떨까, 하는. 이것이 얼마나 귀엽고 순진한 생각이었는지 이제는 안다. 계약한 책이 출간되지 않으면? 마감이 다가오는데 글이 써지지 않으면? 아니 그보다, 청탁 자체가 들어오지 않으면? 겨우겨우 낸 책이 팔리지 않으면? 아니 그보다, 출간하자는 출판사가 없으면? 모든 질문의 답은 이 세상에 편하고 우아한 직업은 없다로 귀결되었고, 그 깨달음에 이르자 힘들다 힘들다 했던 광고도 그렇게까지 힘든 직업이 아닐 수 있겠다는 생각에 다다랐다. 물론 최근에 맡은 브랜드의 슬로건과 매니페스토를 쓰다가 머리를 쥐어뜯으며 더는 이 일을 못 해먹겠다고 소리쳤지만 말이다.

2020년에는 새로운 에세이를 쓸 계획이었다. 첫 책을 계약하기까지 우여곡절이 많아 또다시 출판사 문을 두드리고 거절당할 것이 두려웠지만, 오래전부터 꼭 쓰고 싶던 이야기가 있어서 한번 해보자며 스스로를 격려했다. 연초에 S를 만나 올해는 무얼 할지 얘기할 때 나는 에세이를 쓰겠다고 발표했다. 알고 지내는 동안 책을 쓰고 싶어 하는 마음을 드러낸 적이 없었기에 S의 커진 눈동자를 마주해야 했다. 그때 계획했던 책이 '할 수 있어 프로젝트'에 관한 에세이였다. 10년 가까이 되는 에피소드를 어디서부터 어떻게 글로 풀어야 할지 엄두가 나지 않아서 언젠가 써야지 하며 기약 없이 유보시켜왔는데, 지난해 에세이 한 권을 끝까지 써본 경험이 행동할 용기를 주었다. 아직 출간 기획서도 원고 한 꼭지도 없지만 생각해둔 제목은 있었다(웃음). 가방에 넣고 다니며 즐겨 읽는 '아무튼 시리즈'로 출간하고 싶었다. 그리하여 책 제목은 '아무튼, 1년'으로 정했다.

지금 온라인 서점 검색창에 '아무튼, 1년'을 검색해보시라. 검색 결과가 없습니다, 검색어의 철자가 정확한지 다시 확인해주세요, 라는 안내 문구가 뜰 것이다. 왜냐하면 아무것도 쓰지 못했기 때문이다.

이윽고 여름이 되었다. 안타깝게도 코로나는 더위에 약한 바이러스가 아니었고 전 세계는 일상성을 회복하지 못했다. 기존에 썼던 나의 원고 역시 계속해서 출간 보류 중이었다. 상심하고만 있던 나와 달리, 출판사 편집장님은 무슨 방법이 없을까 고민했고 하와이 이후의 삶에 관한 새 에세이를 써보면 어떻겠느냐는 제안을 했다. 나는 감사한 마음으로 수락했다. 원래 썼던 글에서 취할 건 취하고 버릴 건 버리고 새로 쓸 건 새로 쓰면서 대략적인 얼개를 구성했다. 이번에는 더 잘 쓰고 싶어졌다. 욕심이 났다. 그럴수록 마음이 무겁고 답답해지면서 문장에 군더더기가 끼고 흐름이 꼬이고 성에 차지 않은 문장이 써졌다. 쓰던 문장을 멈추고 머리를 식힐 겸 다른 사람들이 쓴 에세이를 읽었다. 아니, 다들 왜 이렇게 잘 쓰는 거야? 나는 왜 이렇게 못 쓰는 거야? 그렇게 비교하고 나면 글을 쓰고 싶은 마음이 싹 가셨다. 좋아하는 에세이를 읽으면 행복하면서도 배가 아팠다. 배 아파하는 내 모습이 못나서 슬펐다.

요구를 버리는 것은 그것을 충족시키는 것만큼이나 행복하고 마음 편한 일이다. 어떤 영역에서 자신이 아무것도 아니라는 사실이 있는 그대로 받아들여지면 마음이 묘하게 편해진다.★

★ 알랭 드 보통, 「불안」, 정영목 옮김, 은행나무, 2011.

욕심이 올라오려고 하면 처음 마음가짐을 떠올렸다. 그저 쓰고 싶어서 쓰고, 쓰면서 느꼈던 즐거운 감각에 집중했다. 잘 쓰려는 욕구를 버리고 나는 아무것도 아니라는 사실을 받아들이는 것에서부터 다시 글쓰기가 시작되었다. 쓴 글이 별로라서 좌절하는 날에도 일단 쓰고 봤다. 며칠 동안 붙들고 완성한 문단을 통째로 버리기도 하고, 한 문장도 앞으로 나아가지 않아서 초조한 날에도 썼다. 잘 써지는 날이든 그렇지 않은 날이든 노트북 키보드에 손가락을 올려놓고 썼다 지웠다를 반복했다. 그러다 보면 엉킨 실타래가 툭, 하고 풀어지는 순간이 있었다. 막혔던 문장이 단숨에 뚫리고 새 문장이 꼬리에 꼬리를 물고 나오는 순간, 그 문장이 마음에 드는 순간, 글쓰기가 즐거워지는 순간, 그 순간은 행운처럼 찾아오는 게 아니라 뭐라도 쓰고 있을 때 찾아왔다. 2020년 12월 31일 오후 6시에 새 원고를 완성했다.

아마추어가 영감을 기다릴 때 프로는 작업한다는 척 클로스의 말을 자주 생각한다. 글이 잘 써지지 않아서 손을 놓고 싶을 때마다 영감을 기다리기보다는 노트북 앞으로 가서 앉는다. 출근하기 전, 두 시간 동안 글을 쓴다. 생각해 보면 직장에서는 아무리 어려운 프로젝트가 들어와도 주저앉는 사람이 없다. 빈손으로 갈 수는 없으니까 죽이 되든 밥이 되든 회의 날까지 아이디어를 짠다. 그러면 신기하게도 뭔가가 나온다. 이번엔 도저히 아무것도 안 나올 것 같았는데도 서너 개의 아이디어가 어떻게든 나온다. 그 아이디어를 다듬다 보면 좋아 보이기까지 한다. 이번 프로젝트는 진짜로 제일 어렵다고 말하지만, 그걸 또 모두 해낸다. 글쓰기도 다르지 않다는 걸 알기에 지금도 아무튼, 쓰고 있다.

출간 기획서는
어떻게 쓰는 거야?

    에세이를 잘 쓰는 방법에 관해서는 필력이 뛰어난 작가들이 써놓은 글쓰기 책이 도움될 것 같고, 나 같은 무명씨가 책을 내고 싶어 하는 사람에게 어떤 도움을 줄 수 있을까 고민하다가 예전에 출간 기획서를 썼던 경험을 공유하면 좋겠다 싶었다.

    나 역시 출간 기획서를 처음 쓸 때는 도대체 뭘 어떻게 써야 하는지 몰라서 구글에 '출간 기획서'를 검색해 누군가가 올려놓은 형식을 참고했다. 워드나 한글 파일에 책 제목과 부제, 기획 의도와 타깃 독자층, 책의 콘셉트, 목차,

차별화 포인트, 저자 소개, 현재 작업 진행 정도 등의 항목을 구성해 썼다. 당시 쓰고 있던 에세이는 생계형 카피라이터가 퇴사하고 1년 동안 놀면서 되찾게 된 삶에 관한 이야기였고, 제목은 '내가 좋아하는 삶'이었다.

바탕체 10포인트로 세 페이지를 꽉꽉 채웠다. 출간 기획서를 검색하면 위의 항목에서 크게 벗어나지 않아서 이것이 출판업계에서 쓰는 정해진 형식이라고 생각했다. 모든 출판사로부터 거절 메일을 받고 1년 뒤 새롭게 출간 기획서를 쓸 때는 조금 다르게 쓰려고 했다. 콘텐츠만 좋다면 형식은 그다지 중요하지 않겠지만, 기왕이면 근무 시간을 쪼개서 읽는 출판사 담당자가 읽기 편한 기획서이면 좋겠다고 생각했다. 그분도 나와 같은 직장인일 텐데, 쌓인 업무에 나의 출간 기획서까지 읽는 업무를 더하는 건 어쩐지 죄송스러웠다. 문서를 통해 전달하지만, 직접 만나서 프레젠테이션한다고 생각하며 썼다.

결과적으로는 제안한 콘셉트로 출간되지 않았지만, 나의 에세이를 읽을 독자를 상상하고 그들에게 이 책을 어떻게 소개할지 생각해보는 과정은 의미 있었다. 이 기획서의

가능한 불가능

원고는 코로나바이러스로 미뤄지고 미뤄지다 2021년 9월 『일상이 슬로우』라는 책으로 출간되었다.

　출간 기획서라고 하면 기획 의도부터 타깃 독자층, 차별화 포인트 등등 전부 담겨 있어야 한다고 생각하기 쉽다. 하지만 꼭 그렇지만은 않을 것 같다. 내가 왜 이 책을 쓰게 되었는지 그 의도만 충분히 전달할 수 있으면 되지 않을까. 그리고 그 의도는 짧으면 짧을수록 더욱 강력할지도 모른다. 마치 엘리베이터를 타고 내리기까지 약 60초라는 짧은 시간 안에 투자자의 마음을 사로잡는 스피치를 하는 것처럼. 나는 투자자 같은 편집장에게 편지를 쓴다고 생각하며 썼다. 제가 이 에세이를 왜 썼냐면 말이에요, 하듯이.

　에세이를 쓰고 싶다는 건 아마도, 지금까지 수많은 에세이를 읽으며 공감하고 위안받고 피식 웃고 잠시나마 복잡한 머리를 식혀봤기 때문이 아닐까. 에세이를 통해 얻었던 좋은 에너지를 나도 누군가에게 전해보고 싶다, 그 마음이 에세이를 쓰고 싶게 만든다. 당신도 그렇다면, 이제 그 마음을 꺼내봐주세요.

물려 받은 재산, 없음
월세 받을 건물, 없음
부어 놓은 연금, 없음

내가 번 돈으로 나를 먹여 살리는
나는 생계형 직장인입니다

광고회사를 그만두고
하와이에서 반년, 중미에서 한 달, 서촌에서 반년간
놀면서 되찾게 된 삶의 이야기입니다

월요일을 미워하지 않는 삶, 홀가분한 삶, 별 헤는 삶 등
바쁘게 사느라 잃어버렸던 예쁘고 소중한 삶을 하나하나 되찾아
공감되는 카피와 에세이에 담았습니다

짧은 카피로 두근거리게, 긴 에세이로 공감되게

카피라이터인 저자가 압축해서 쓴 카피로 60%를, 공들여 쓴 에세이로 40%를 구성할 예정입니다.
이 비율은 추후 협의를 통해 조정할 수 있습니다.

*현재 70% 정도 원고가 완성된 상태입니다

1장
더 이상 필요없이
입지 않습니다

1. 대가 좋아하는 삶 (에세이)
2. 내일은 이루지 않는 삶 (카피+사진)
3. 친절이라 삶 (카피+사진)
4. 과거의 나에게서 슬기를 얻는 삶 (에세이)
5. 즐거워하 삶 (카피+사진)
6. 바나다 있는 삶 (에세이)
7. 지금, 여기서, 여러 사랑하는 삶 (에세이)
8. 임로임을 대안하지 않는 삶 (카피+사진)
9. 여유라 삶 (카피+사진)
10. 쓸쓸거리 없는 삶 (에세이)
11. 누구를 딸 삶 (카피+사진)
12. 비밀을 감당하는 삶 (카피+사진)
13. 마음을 정화하는 삶 (에세이)

14. 슬며, 그 자체의 삶 (카피+사진)
15. 예일이라 삶 (에세이)
16. 끝심 없는 삶 (에세이)
17. 무념 없는 삶 (카피+사진)
18. 조각된 끝나가는 삶 (카피+사진)
19. 바음 없는 삶 (에세이)
20. 무너에 삶 (카피+사진)
21. 매일, 기뻐하면 아름다운 삶 (카피+사진)
22. 앙력을 집착하는 삶 (에세이)
23. 망하지 않고 살아가 삶 (카피+사진)
24. 저울 앓아가는 삶 (카피+사진)
25. 유유한뿐 삶 (에세이)
26. 관찰 없는 삶 (카피+사진)

27. 사부자가저락 삶 (카피+사진)
28. 삼 떡은 할 삶 (에세이)
29. 벽 없는 삶 (에세이)
30. 숲에 먹이 삶 (카피+사진)
31. 자연변화 및 자연변화 없는 삶 (에세이)
32. 진인진 삶 (카피+사진)
33. 끌거운 하는 삶 (에세이)
34. 뿌스트가 되는 삶 (에세이)
35. 빗속주가 기대하는 삶 (에세이)
36. 닮은 어색한 삶 (에세이)
37. 조사하는 삶 달래 먹는 삶 (에세이)
38. 마음을 꾸며하지 않는 삶 (카피+사진)
39. 선명 자라라인되 삶 (에세이)

40. 북부가 에연이 되는 삶 (카피+사진)
41. 이런 삶, 저런 삶 (에세이)
42. 식구의 가슴을 닮는 삶 (카피+사진)
43. 자란이 아닌 친구가 되는 삶 (에세이)

서른여덟 살의 불가능

157킬로미터의 건강

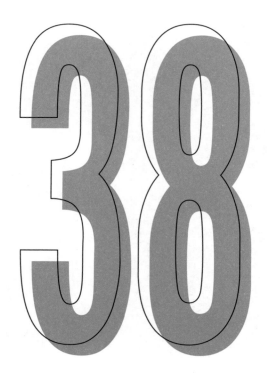

냉동시켜둔 밥을 전자레인지에 돌려 데우는 동안 가스레인지를 켜고 프라이팬을 올려 계란 두 개를 반숙으로 튀긴다. 오이를 씻어 반으로 자르고 세로로 사등분해 쌈장과 함께 테이블에 올린다. 김치와 구운 돌김까지 꺼내놓으면 아침 준비가 끝이다. 밥알 하나까지 꼭꼭 씹어 먹는다. 그릇을 물에 담그고 양치를 한 후 세안한 얼굴에 평소보다 두껍게 선크림을 바른다. 머리카락이 흘러내리지 않게 꽉 조여 묶고 야구 모자를 쓰면 시곗바늘이 8시를 가리킨다. 생수와 오이, 캐러멜 몇 개가 굴러다니는 배낭을 메고 밖으로 나선다. 토요일 아침 루틴은 서울둘레길 걷기이다.

서울을 둘러싼 열여섯 개의 산과 하천, 마을 길을 하나로 연결해 서울을 한 바퀴 돌 수 있는 둘레길이 2014년에 생겼다. 새로운 길을 뚫거나 확장한 것이 아니라 기존의 토막난 산길들을 이어서 완성했다고 한다. 수락산에서 불암

산으로 이어지는 1코스, 용마산에서 아차산으로 이어지는 2코스, 고덕산에서 일자산으로 이어지는 3코스, 대모산에서 우면산으로 이어지는 4코스, 관악산으로 이어지는 5코스, 안양천으로 이어지는 6코스, 봉산에서 앵봉산으로 이어지는 7코스, 북한산으로 이어지는 8코스까지 총 157킬로미터이다. 여덟 개 코스를 스물한 개 구간으로 쪼개 서너 시간이면 한 구간을 완주할 수 있게 설계되어 있다. 1년은 52주이고 그중에서 한겨울과 한여름을 빼고 비 오는 날을 빼고 미세먼지 많은 날을 빼고 약속 있는 날을 빼면 얼추 21주가 남을 테니 올해는 매주 한 구간씩 걷겠노라 다짐했다. 건강이 제일이라는 생각이 드는 요즘이다.

작년 초여름, 소변에서 붉은 기가 보였다. 기분 탓인가 했는데 소변을 눌수록 빨간 물감을 푼 것처럼 색이 점점 진해졌다. 전날 한 일이라고는 뙤약볕에 수박을 들고 다닌 것뿐인데. 피로하다는 느낌이 들었지만 그 정도 피로감을 안 느끼고 사는 현대인이 있을까. 온종일 돌아다니다 밤 9시쯤 기절하듯 자고 새벽에 일어났는데 소변이 붉었다. 잠시 후 설사까지 덮쳤다. 뭐든 한 입 삼키는 즉시 부글거리는 배를 붙들고 화장실로 뛰어 들어가 아래로 전부 쏟아냈다. 가만히 누워만 있어도 오래된 아이폰처럼 에너지가 뚝뚝 떨어졌다. 일요일이라 여는 병원이 없어 일단 핸드폰으로 혈뇨를 검색했다. 무서운 단어들만 눈에 밟혔다. 걸려온 엄마의 전화에 애써 아무렇지 않은 척 대답했는데 무언가 심상치 않다고 느꼈는지 엄마가 한달음에 달려왔다. 흰죽을 끓여 먹이고 따듯한 손으로 딸내미 배를 쓰다듬으며 기도하고 지사제를 먹이며 밤새 간호해주었다. 다음 날 아침, 가장 일찍 여는 병원을 찾아갔다.

병명은 방광염이었다. 면역력이 떨어져 세균에 감염된 것 같다며 사흘 치 항생제와 물을 많이 마시라는 처방을 받았다. 차츰차츰 소변이 원래 색으로 돌아오고 기운이 나면서 설사도 멈추고 입맛도 살아났다. 방광의 염증은 며칠 만에 나았지만 육안으로는 보이지 않는 미세한 혈액이 소변에서 거듭 검출돼 일주일에 한 번씩 내원하다가 CT 촬영이 되는 큰 병원에서 정밀 검사를 받았다. 결과는, 이상 없음. 네 글자를 눈으로 확인하는 순간 아기를 순산한 산모의 마음이 되었다. 오줌이 노란색이어서 감사하고, 음식이 잘 소화돼서 감사하고, 매일 아침 바나나 같은 똥을 눠서 감사하고, 손가락이 열 개고 발가락이 열 개라서 감사하고, 그저 건강해서 감사했다.

조금이라도 아프고 나면 인생에서 가장 중요한 건 돈이나 커리어가 아니라 건강이라는 사실을 깨닫게 된다. 하지만 그 깨달음은 섬광처럼 잠시 반짝이다 사그라들 때가 많았다. 이번에는 그러지 말자고, 그저 건강해서 감사했던 마음을 잊지 말자고, 내 몸을 아끼고 돌보는 것을 첫 번째로 두자고, 문신을 새기듯 되뇌고 되뇌었다.

서울둘레길을 걷기 전에 서울시청 민원실부터 찾았다. 방문 목적은, 스탬프 북. 민원실 한쪽 구석에는 서울둘레길 지도와 스탬프 북이 비치되어 있다. 명함만 한 스탬프 북을 병풍처럼 펼치면 스물여덟 개의 빈칸이 있는데, 둘레길의 한 구간이 시작되고 끝나는 지점에서 스탬프를 찍을 수 있다. 코스별 루트는 카카오맵으로도 확인할 수 있지만 스탬프 보관함이 어디쯤 있는지는 종이 지도에만 나와 있어서 얼른 챙겼다. 그때까지만 해도 빈칸을 채우는 일이 그렇게까지 뿌듯할 줄 몰랐다. 나날이 알록달록해지는 스탬프 북이 마치 출입국 도장으로 가득한 여권처럼 보기 좋아서 집에 있는 날에도 괜스레 꺼내 보았다. 혹시라도 잃어버리면 속상할까 봐 맨 뒷장에 이름과 핸드폰 번호도 적었더랬다.

첫 스탬프를 찍은 곳은 3-2코스였다. 고덕동에 사는 선배가 놀러 오라길래 지도 앱으로 어떻게 가는지 찾아보다가 혹시 그 근처에 둘레길이 있나 없나 아마도 없겠지 하면서 검색했는데, 있었다! 강동구 토박이인 선배도 자기 동네에 이런 길이 있는지 처음 알았다며 눈이 동그래졌다. 나도 그랬다. 어딜 가나 대중교통으로만 이동하다 보니 나에게 친숙한 길은 대부분 지하철 노선 아니면 버스 노선이었는데 그 길을 살짝만 벗어나도 둘레길이 불쑥 나타났다. 교회에서 15분만 걸어가면 7-1코스가 시작되었고, 8-2코스는 옆 동네를 지나갔다. 집 앞에서 버스를 타고 10여 분 가면 8-1코스의 시작점이고 6-1코스는 이십대 때 살았던 동네로 이어졌다. 식물을 사러 다녔던 양재꽃시장에서 조금만 걸으면 4코스가 나타났다. 현실 세계에서 마법 세계로 넘어가는 9와 4분의 3 승강장처럼 둘레길로 들어서는 순간 복잡하고 시끄러운 서울이 고즈넉한 여행길로 변했다.

그날 선배 집에서 점심을 먹고 소화시킬 겸 둘레길을 걸었다. 내가 마지막으로 기억하는 선배는 야트막한 언덕길을 오르는 것조차 버거워 숨을 몰아쉬던 모습인지라 힘들면 언제든지 말하라고 당부했다. 마을과 연결된 산길이 많아서 중간중간 쉬이 내려갈 수 있는 게 둘레길의 장점이다. 끝까지 걸어야 한다는 부담감 없이 눈 녹은 흙길에 나란히 올랐다. 서로의 새 직장은 어떤지, 그간 어떤 프로젝트를 했는지, 예전 동료들은 어찌 사는지, 요즘 읽는 책은 무엇인지, 근래 재미있게 본 드라마는 뭐였는지 얘기하다가 서서히 말이 줄었다. 어느새 우리가 밟는 흙 소리와 바람에 흔들리는 나뭇가지 소리, 겨울이 만들어낸 풍경에 몰입하고 있었다. 내쉬는 숨 사이로 "좋다~"는 말이 길게 흘러나왔다. 선배는 간간이 헉헉거리면서도 세 시간 넘는 길을 아주 잘 걸었다. 안 본 사이에 무슨 일이 있었던 거냐고 놀라 물었다. 팀장으로 진급한 후 불면증부터 갑상샘항진증, 이명까지 경험한 선배는 이대로 안 되겠다 싶어 하루 한 개씩 스쿼트를 늘려갔고 오늘 아침에는 100개를 채웠다고 했다.

밤새워 일해도 한숨 자고 일어나면 말짱해지던 시절이 우리에게도 있었다. 지금은 하룻밤 새면 후유증이 며칠 간다. 숙면만으로 건강이 유지되던 그때 나이로 되돌릴 순

없지만, 체력은 잘 관리하고 노력하면 예전만큼 좋아질 수 있고 예전보다 더 좋아질 수도 있다고 믿는다. 그날 우리는 2만 보를 걸었다.

매주 걷다 보면 내 몸이 좋아하는 도보량을 알게 된다. 두 시간은 아쉽고, 세 시간 반이 넘어가면 발바닥이 슬슬 아프고, 네 시간 반이 넘으면 두 다리가 묵직해진다. 휴가 때는 한라산을 아홉 시간 오르내리고, 올레길을 하루 20킬로미터씩 닷새 동안 걷기도 했지만, 그건 어디까지나 내일도 모레도 글피도 출근하지 않는 날이기 때문이었다. 따로 날짜를 빼서 온종일 걷는 건 1년에 많아야 한두 번이고, 직장 다니고 집안일 하고 짧디짧은 주말이 끝나면 다음 날 출근해야 하는 일상에서는 세 시간이 최적이라고 몸이 알려주었다. 1만5천 보에서 2만 보 사이, 등산과 산책 그 중간의 걸음, 걷고 난 후 지친 몸을 회복하느라 남은 주말을 소진하지 않아도 되는 정도, 지하철을 타고 가볍게 도착해 한 구간을 다 걸어도 아직 중천에 떠 있는 태양, 집으로 돌아와 청소하고 세탁기 돌리고 저녁 해 먹고 책 좀 읽다가 평상시 자는 시간에 잠이 드는 도보 여행. 일상의 흐름을 깨지 않는 둘레길 걷기가 갈수록 좋아졌다.

하지만 평일에 걷는 양은 귀여운 수준이었다. 아침에 일어나 출근 준비를 하고 집에서 경복궁역까지 걷는다. 약수역에서 내려 6호선 환승역까지 걷고, 이태원역에서 회사까지 걷는다. 일하다가 화장실 가고 회의실 가고 점심 먹으러 가면서 걷고, 퇴근하면 다시 회사에서 이태원역까지, 약수역에서 내려 3호선 환승역까지, 경복궁역에서 집까지 걷는다. 그 걸음을 합치면 6천 보 언저리. 날씨가 좋아서 경복궁 돌담길로 에둘러 귀가하면 7, 8천 보. 한 정거장 전에 내려 삼청동을 지나서 귀가하면 9천 보. 그게 평일 최대치였다. 그러던 5월의 어느 일요일, 7-1코스를 걷는데 문득 이런 생각이 들었다. '회사에서 집까지 걸어가볼까?'

7-1코스는 가양역에서 출발해 봉산 입구까지 7.7킬로미터를 걷는 길이다. 가양대교 시작점에서 스탬프를 찍고 대교를 건너 난지한강공원으로 진입해 메타세쿼이아 숲을 지나 상암월드컵경기장을 통과한다. 불광천을 따라 걷다가 증산역 부근에서 큰길로 빠져나와 봉산 입구에서 스탬프를 찍으면 끝이다. 버스와 지하철을 타고 대교를 건넌 적은 많았지만 내 발로 직접 건너는 건 처음이라 작은 흥분이 감돌았다. 파란 하늘 아래 파란 한강을 지나 메타세쿼

가능한 불가능

이아 숲으로 들어서자 세상이 초록색으로 변했다. 양옆으로 간격을 맞추고 높이 선 나무들이 저 멀리 보이는 소실점 끝까지 펼쳐졌다. 걸을 때마다 줄어드는 길이 아까워 느린 걸음을 더욱 늦췄다. 오르막길이 거의 없는 평지 코스라서 마실 나온 듯 사부작사부작 걷고 있는데 빨간 스탬프 보관함과 딱 마주쳤다. 에너지가 아직 남았는데 한 구간이 벌써 끝났다고? 시계를 보니 시침이 두 칸 이동해 있었다. 두 시간이면 1만2천 보. 1만2천 보를 걸으면 나는 이 정도 컨디션이구나. 이 정도라면 평일에도 걸어볼 만하겠다는 생각이 번뜩 들었다. 지도 앱을 켜고 출발지에 회사 주소를, 도착지에 우리 집 주소를 입력했다. 7킬로미터, 예상 소요 시간 한 시간 55분. 대략 1만1천500보. 좋아, 걸어가보자!

춥지도 덥지도 않은 초여름 퇴근길, 해야 할 일을 전부 끝내 헬륨 풍선처럼 가벼운 마음으로 회사를 나섰다. 평소라면 이태원역으로 향했을 발걸음을 틀어 횡단보도를 건너고 하얏트호텔을 지나 소월길로 들어섰다. 고개를 오른쪽으로 돌리면 남산이 올려다보이고 왼쪽으로 돌리면 후암동 일대가 내려다보이는 길을 따라 40여 분 걸었다. 가로수로 심어진 은행나무며 후암동의 아늑한 정취며 점점 크게 보이는 남산서울타워며 온통 내가 좋아하는 풍경 속에서 꼬리만 안 흔들었지 강아지가 따로 없었다. 조금 전까지 사무실에 앉아 일했던 시간이 어제 일처럼 멀게 느껴졌다. 숭례문에서 꺾어 시청광장에 이르렀을 땐 노을이 지고 있었다. 솜사탕처럼 옅게 깔린 구름 사이로 예쁘게 물드는 분홍빛이 발걸음을 붙잡았다. 핸드폰을 꺼내 찰칵 찍어보지만 늘 눈으로 보는 것보다 못한 결과물이 담긴다. 북악산에 걸린 분홍 솜사탕에 시선을 두고 경복궁역을 향해 걸었다. 저녁 8시가 되어도 아직 환한 덕분에 집에 도착했는데도 몸이 산뜻 가뿐했다. 회사에서 집까지 걸어오면 이 정도 컨디션이구나. 이 정도라면 아침에도 걸어볼 만하겠다는 호방한 생각으로 이어졌다. 더운 여름이 가고 은행나무가 노랗게 물든 계절에 나는 집에서 회사까지 걸어서 출근하는 아침을 맞이했다.

날씨가 좋은 날이면 둘레길에 가야겠다는 마음부터 든다. 그런데 마음을 행동으로 옮기는 건 산을 바다로 옮기는 것만큼이나 어렵다. 사실 1년 안에 서울둘레길 완주하기는 불가능한 미션이 아니다. 정말 불가능한 미션은 자꾸만 눕고 싶어 하는 나를 일으키는 것. 주말만 되면 온종일 누워서 유튜브만 보고 싶어 하는 나를 어떻게 이긴단 말인가. 절대 못 이긴다.

전날 내린 비에 미세먼지가 말끔히 씻겨 형광빛이 돌 정도로 눈부신 아침 하늘을 보며 생각했다. 둘레길을 걷고 싶다고. 청소만 하고 나가자 싶어 집 안을 쓸고 닦고 세탁기를 돌리고 나니까 점심시간이 되었다. 된장찌개를 끓이고 오징어볶음을 만들어 먹고 나니까 나가고 싶은 마음이 저만치 달아나버렸다. 그날 오후는 안방-화장실만 오가며 100보도 채 안 걸었다지 아마. 어느 토요일에는 넷플릭스 딱 한 편만 보고 나가려 했다. 〈퀸스 갬빗〉이 재밌다던데 진짠가 아닌가 보려고 1편을 시작했다가 앉은자리에서 전체 에피소드를 해치워버렸다. 노트북에서 고개를 들었을 땐 일곱 시간이 지나 바깥은 어둡고 점심을 굶은 배에서는 으르렁 소리가 났다.

이런 날도 있었다. 주일예배를 드리고 집에 오는데 공기가 얼마나 맑은지 저 멀리 있는 북악산의 윤곽선까지 아주 선명하게 보였다. 이런 날은 둘레길이다! 점심을 만들어 먹으면 귀찮음이 발동한다는 걸 학습 효과로 터득해 일부러 오므라이스를 테이크아웃했다. 이것만 먹고 바로 나가야지. 그런데 누가 오므라이스에 수면제를 탔는지 다 먹고 나니까 졸음이 미친 듯이 쏟아졌다. 요새는 해가 늦게 지니까 30분 정도는 자도 되겠다 싶어 알람을 맞추고 눈을 감았는데 곧바로 알람이 울렸다. 말도 안 돼, 벌써 30분이 지났다고? 지이인짜 조금만 더 자야지 하고 눈을 감았다 떴더니 오후 4시였다. 무지개처럼 드물게 찾아오는 아름답고 완벽한 날씨라서 둘레길 다녀온 느낌을 꼭 글로 쓰려고 했는데….

일련의 경험을 통해 발견한 나라는 사람은, 점심을 먹고 나면 식곤증을 못 이기고, 넷플릭스를 보면 중간에 못 끊고, 오전에 소일거리를 하면 나가기 귀찮아했다. 그것을 극복할 만한 의지력이 나에겐 없었다. 하지만 적어도 피할 수는 있었다. 점심 먹기 전, 넷플릭스 켜기 전, 소일거리 하기 전에 나가면 된다. 아침 8시. 그 시간이 나만의 미러클 타임이었다. 전날 일찍 자고 일찍 일어나 냉장고에 있는 반찬으로만 아침을 차려 먹고 세수와 양치를 한 후 운동복으로 재빨리 갈아입는다. 나가려는 마음이 눕고 싶은 마음으로 변하기 전에 서둘러야 한다. 현관에 앉아 두 발을 등산화에 넣고 끈을 단단히 묶으면 그다음부턴 신기한 일이 벌어졌다. 몸에 달라붙은 나태가 사라지고 얼른 나가고 싶어 엉덩이가 들썩였다. 그런 식으로 네다섯 번 반복했더니 '토요일 아침=둘레길 걷는 날'이라고 몸과 마음이 받아들이며 어리광을 덜 부렸다.

어느 코스나 아침에는 오가는 등산객이 적어 고요하게 걷기 좋다. 새벽이슬을 맞아 더욱 진하게 뿜어내는 풀 냄새, 흙냄새, 나무 냄새가 좋다. 듣기만 해도 육신이 맑아지는 계곡물 소리가 좋다. 걸을수록 건강해지는 느낌이 좋다. 집으로 돌아와서 점심을 해 먹고 집안일하고 샤워하고 방 안에서 뒹굴거리는 오후가 좋다.

서울둘레길은 길 전체가 친절한 안내자다. 도심 바닥에는 '서울둘레길→'이라고 쓰인 표식이 방향을 알려주고 갈림길에서는 나무 표지판이 저쪽으로 가라고 안내한다. 전봇대에는 서울둘레길 스티커가 붙어 있고 숲길 입구에는 지도 안내판이 세워져 있다. 그걸로도 부족하다 싶었는지 모든 길에는 적당한 간격으로 주황색 리본이 걸려 있다. 동네 밖을 벗어나면 어김없이 헤매는 나조차 지도 앱을 한 번도 켜지 않고 8-1코스, 2코스, 3-1코스, 4코스 등 여러 코스를 나뭇가지에 걸린 주황색 리본만 따라서 끝까지 완주했다(정말 뿌듯했다!). 한참 가다가 리본이 보이지 않아서 잘못 가고 있나? 생각할라치면 한 치 앞에서 리본이 나타나 제대로 가고 있다고 안심시켜주고, 샛길이 많은 산속에서 여기야? 저기야? 헷갈릴라치면 여기야! 하고 리본이 손짓했다. 그럴 때마다 수천 혹은 수만 개의 리본을 매단 누군가의 세심한 배려가 느껴졌다. 이 길을 처음 걷는 사람들 눈높이에 맞춰 너무 빽빽하지도 너무 헐렁하지도 않은 간격으로 리본을 매달고, 행여나 못 보고 지나칠까 봐 가장 잘 보이는 나뭇가지를 골랐을 손길이 고마웠다. 사람의 손이 닿지 않는 높이에 달린 리본을 보면 저건 어떻게 달았을까, 궁금해지면서 또 고마워졌다.

보이지 않는 손은 스탬프에도 머물렀다. 스탬프 보관함에는 두 가지 컬러의 스탬프가 들어 있는데, 스탬프 속에 잉크가 장착된 일체형인지라 잉크가 남았는지 안 남았는지는 찍어봐야 알 수 있다. 초반에는 잉크가 없으면 어쩌나 싶어 있는 힘껏 찍었는데 그냥 툭 찍어도 선명하게 찍히더라. 스물여덟 개의 스탬프를 찍는 동안 잉크가 말라 있던 적이 없었다. 여러 손길이 만들고 관리하는 둘레길이 아니었다면 서울을 한 바퀴 도는 경험은 평생 하지 못했을 것이다.

야근을 매일 달고 살았던 과거에는 서울이 답답하기만 했다. 너무 빠르고 너무 바쁘고 너무 고된 이 도시에서는 쉬어도 쉬는 느낌이 아니었다. 여기만 아니면 어디라도 좋다고, 친구들과 탈서울을 꿈꾸기도 했다. 하지만 지금은 그때의 서울이 오히려 낯설게 느껴진다. 한 발 한 발 걸으며 마주한 서울은 빠르지도 바쁘지도 고되지도 않고, 도리어 바빠지려는 나를 누그러트리고 천천히 가도 된다고 다독인다. 아마도 달라진 건 서울이 아니라 나일지도 모르겠다.

워드프로세서로 네 줄짜리 문장을 쓰는 데만 네 시간이 걸린 금요일에는 정신이 좀 피폐해졌다(바로 어제였다). 이 글의 열일곱 번째 문단의 "일련의 경험을 통해 발견한 나라는 사람은 (…) 그 시간이 나만의 미러클 타임이었다"라는 문장이었다. 대단한 명문도 아닌 이것을 붙들고 수십 아니 수백 번을 썼다 지웠다. 랜선으로 노트북과 두뇌를 연결하면 머릿속에 있는 생각, 경험, 느낌 등등 전부가 고스란히 타이핑되었음 좋겠다고 생각했다. 남의 머릿속도 아니고 내 머릿속에 있는 건데도 그것을 언어로 옮기지 못해 끙끙댈 때면 부족한 필력을 탓하며 아무것도 하기 싫어진다. 다른 사람의 글과 내 글을 비교하다가 이불을 뒤집어쓰게 된다. 꼼짝없이 누워서 멍때리고만 싶어진다.

토요일 아침이 밝았고 막힌 글은 여전히 꽉 막혀 있었다. 이번 달까지 원고를 보내지 못하면 민폐라 둘레길 걸을 시간에 글을 쓰자고 어젯밤 누워서 결심했었다. 하지만 아침까지도 피폐한 정신 상태는 조금도 나아지지 않았고 이 정신머리로는 한 시간이고 다섯 시간이고 앉아 있는다고 막힌 글이 뚫릴 것 같지 않았다. 그러면 또 필력을 탓하며 이불이나 뒤집어쓰겠지. 침대 밖으로 나와 아침을 먹고 등산화 끈을 묶었다. 일단 걷자.

강한 정신력이 지친 몸을 이끌어줄 때가 있다. 반대로 강한 체력이 지친 정신을 이끌어줄 때가 있다. 양재시민의 숲역에서 내려 4-2코스를 향해 발꿈치를 내딛는 순간, 힘차게 움직이는 두 다리에 힘입어 웅크린 정신이 기지개를 켜고 일어났다. 겨울 공기를 약숫물처럼 꿀꺽꿀꺽 마셨더니 정신이 맑아졌다. 그에 힘입어 팔다리가 앞으로 쭉쭉 나아갔다. 매번 하는 생각을 또 했다. '안 나왔으면 어쩔 뻔했니.'

가능한 불가능

길 위에 두텁게 쌓인 마른 나뭇잎을 밟으며 걸었다. 평소 보폭으로 걷다가 보폭을 넓혀 걷다가 번갈아 걷다 보면 잘 쓰지 않는 허벅지 근육과 고관절이 시원해진다. 나무 계단이 길게 이어지는 구간에서는 숨이 가빠지지 않게 호흡을 신경 쓰며 오른다. 수영할 때 '음파음파' 하듯이 코로 숨을 들이쉬고 입으로 내뱉고 코로 들이쉬고 입으로 내뱉는다. 들숨과 날숨의 리듬이 흐트러지지 않게 유지하며 오르다 보면 잡념이 사라지고 오로지 호흡에만 집중하게 된다. 명상에 이르는 시간이다. 일정한 호흡은 내 몸에 맞는 걸음 속도를 만들어내고 그 속도라면 깔딱고개도 헐떡이지 않고 오를 수 있다.

세 시간 정도 예상하고 나왔는데 두 시간 만에 스탬프 보관함에 도착했다. 남은 에너지는 집으로 돌아가는 지하철 안에서 글을 쓰는 데 썼다. 핸드폰에 저장해 온 워드프로세서를 열고 막힌 문장의 다음 문장을 이어갔다. 열심히 운동한 후에 먹는 밥처럼 글이 술술 넘어갔다. 거짓말처럼 진짜로.

산림욕. 누가 만들었는지 몰라도 '산림山林'이라는 단어에 '목욕할 욕浴' 자를 붙인 솜씨가 아주 근사하다. 서울둘레길을 걸으며 새삼스레 다시 깨달았다. 산은 마음의 목욕탕이다. 마음에 낀 때를 벗겨내고 씻어주는 힘이 있다. 글이 잘 써지지 않는 날도 아이디어가 잘 나오지 않는 날도 찬찬히 복기해보면 마음이 원인일 때가 많았다. 어수선한 마음으로 다섯 시간 앉아 있는 것보다 마음을 다잡고 한 시간 앉아 있는 것이 훨씬 나은 결과를 만들어내곤 했다. 그걸 알면서도 쉽게 엉덩이를 떼지 못할 때가 많았는데 이제는 걷고 본다. 기분이 좋든 아니든 머릿속이 복잡하든 아니든 일단 걷고 나면 생각이 가지치기되면서 내가 할 수 있는 것과 없는 것이 구분되고, 그에 따라 지금 할 수 있는 것만 한다. 세상이 단순 명쾌해진다.

2021년을 한 달 남겨두고 서울둘레길을 모두 완주했다. 포상으로 얻은 건 다 채운 스탬프 북과 튼튼한 두 다리. 튼튼한 두 다리로 매일 출근할 때마다 이태원역에서 3번 출구까지 207개 계단을 오르고, 점심시간마다 지하 1층 회사 식당에서 10층 내 자리까지 262개 계단을 오른다. 갈증 나지 않으면 물을 한 모금도 마시지 않던 습관을 버리고 아침에 일어나서 물 두 잔, 회사에서 일하는 틈틈이 세 잔, 집으로 돌아와 두 잔을 보약처럼 마신다. 물을 자주 마시니까 소변이 자주 마려워 화장실 가는 김에 볼일 보고 스트레칭까지 하고 돌아온다. 한번 자리에 앉으면 좀처럼 일어나지 않아 버섯이라 불렸던 내가 이만큼 달라졌다. 나는 이것을 붉은 소변의 기적이라 부르고 싶다.

에필로그

할 수 있다는 '경험'

어린 시절 우연히 하늘에서 UFO를 보게 된 두 형제는 그날로 우주비행사를 꿈꾸게 된다. 20여 년이 흘러, 동생 히비토는 마침내 NASA에 들어가고 일본인 최초로 달에 발자국을 남긴다. 회사에서 잘려 백수가 된 형 뭇타는 그런 동생에게 엄청난 질투를 느끼며 자극을 받게 되고, 뒤늦게 우주비행사가 되려고 도전한다. 『우주형제』라는 만화책의 내용이다. 이 책은 다른 삶, 다른 직업, 다른 성격의 사람들이 저마다의 사연을 갖고 우주라는 하나의 목표를 향해 필사적으로 도전하는 과정을 보여주는데, 읽다 보면 만화 속 인물들을 따라 웃고 배우고 감동하게 된다.

그중 내가 가장 아끼는 에피소드는 달에 다녀온 히비토에게 찾아온 위기였다. 그는 달에서 산소가 부족해 질식할 뻔한 사고를 겪은 후부터 우주복 헬멧만 쓰면 숨이 턱 막히고 죽을 것 같은 공포를 느끼게 된다. 공황 장애였다. 우주

비행사가 우주복 헬멧을 쓸 수 없다는 건, 다시는 우주로 갈 수 없다는 걸 의미했고 그걸 누구보다 잘 아는 히비토는 완전히 무너진다. 매사 긍정적이었던 그조차 재활 치료를 거부하며 현실로부터 도망치려 한다. 그때, 치료를 맡은 이반이 히비토에게 말한다.

"'난 괜찮다.' '선외 활동 따윈 별거 아니다.' 그렇게 자기암시로 의식을 바꾸려고 몇 번이나 되뇌었던 것 아니야? 못하는 놈이 머릿속에서 '할 수 있다', '할 수 있다'라고 자꾸 되뇌어봤자 그건 아무런 도움이 안 돼. 중요한 건, 할 수 있다는 '경험'을 얻는 거야!"

두려운 도전 앞에서 스스로에게 주문을 걸었던 시간들이 있다. 난 할 수 있다, 난 할 수 있다, 아무리 다짐해봐도 그건 두려움을 극복하는 데 도움이 되지 않았다. 대신, 별거 아니더라도, 아주 작은 것이라도, 직접 해보며 할 수 있다는 '경험'을 얻는 게 중요했다. 히비토는 더 이상 도망치지 않고 '나는 다시 우주복 헬멧을 쓸 수 있다'라는 경험을 얻기 위해 일단 선글라스부터 써본다. 다음에는 마술사 모자, 다음에는 다이버 고글, 다음에는 풋볼 헬멧을 써보며 한 발짝씩 우주복 헬멧에 다가가기 시작한다.

운전할 생각만 해도 바들바들 떨려서 일찌감치 운전면허를 포기했던 나였다. 그런 내가 처음부터 도로를 달리는 건 불가능한 일이었지만, 온라인 서점에서 운전면허 문제집을 주문하는 건 불가능한 일이 아니었다. 그 문제집을 푸는 것도 그다지 어려운 일이 아니었고, 필기시험을 보는 것도 할 만했다. 필기시험을 치르고 나니까 기능시험을 볼 만큼의 작은 용기가 생겼고, 기능시험까지 합격하고 나니까 도로 주행 연습으로 자연스럽게 이어졌다. 작게나마 무언가를 해낸 경험들이 다음을 도전할 수 있게 도와주었다. 운전을 해낸 경험이 피아노를 배울 수 있도록 도와주었고, 피아노 한 곡을 연주한 경험이 영어를 시작할 수 있도록 도와주었다. 영어를 배운 경험이 퇴사하고 하와이에 갈 수 있도록 도와주었고, 이 모든 경험들이 책을 쓸 수 있도록 도와주었다.

매년 연말이 되면 지인들이 묻는다. 올해는 뭐 할 거냐고. 계획을 얘기하면 다들 '그래, 너라면 할 수 있지' 하는 반응이다. 한두 번으로 끝날 줄 알았던 프로젝트를 10년 가까이 해오고 있어서 그런지 이제는 내가 철인3종경기에 나갈 거라고 해도 믿을 기색이다. '할 수 있어 프로젝트'를 시작했을 때가 서른이었는데 어느덧 내일모레면 사십대가 된다. 아마 사십대에도 오십대에도 나와 S는 1년에 하나씩 무언가를 하고 있지 않을까 싶다.

예전의 나는 광고밖에 몰라서 다른 것에 도전하는 사람이 아니었다. 그래서 못 하는 게 많았다. 운전도, 피아노도, 영어도, 수영도, 퇴사도 못 하는 사람이었다. 요즘은 나날이 하고 싶은 게 많아지고 있다. 내가 직접 차를 몰아 엄마와 둘이서 국내 일주를 해보고 싶다. 건강 검진할 때마다 근육량 미달로 나오는 신체를 단련해보고 싶다. 한국어학 전공을 제대로 마쳐서 실습을 나가보고 싶다. 내 집을 마련해보고 싶다. 모두 불가능하다고 생각해온 일이었는데, 지금은 하고 싶은 일이 되었다. 이 모든 걸 1년 안에 하려면 숙제처럼 부담이 될 거라는 걸 알기에 딱 하나만 골라서 내년에 해볼 생각이다. 1년에 둘도 셋도 아닌 딱 하나라면, 해볼 만하니까.

1년에 딱 하나라면 **가능한 불가능**

1판 1쇄   2022년 9월 16일

지은이   신은혜
펴낸이   김태형
펴낸곳   제철소
등록   제2014-000058호
전화   070-7717-1924
팩스   0303-3444-3469
전자우편   right_season@naver.com
인스타그램   instagram.com/from.rightseason

© 신은혜, 2022

ISBN 979-11-88343-57-7   03810